30인의 회귀자

30인의 회귀자 1

이성현 장편소설

초판 1쇄 찍은 날 § 2017년 11월 23일
초판 1쇄 펴낸 날 § 2017년 11월 30일

지은이 § 이성현
펴낸이 § 서경석

총괄팀장 § 최하나
편집책임 § 이지연

펴낸곳 § 도서출판 청어람
등록번호 § 제387-1999-000006호
등록일자 § 1999. 5. 31
어람번호 § 제1-2804호

주소 § 경기도 부천시 부일로 483번길 40 서경B/D 3F (우) 14640
전화 § 032-656-4452 팩스 § 032-656-4453
http://www.chungeoram.com
E-mail § chungeorambook@daum.net

ⓒ 이성현, 2017

ISBN 979-11-04-91552-9 04810
ISBN 979-11-04-91551-2 (세트)

1

뒤틀린 시간

이성현 장편소설

FUSION FANTASTIC STORY

30인의
회귀자

도서출판
청람

30인의 회귀자

목차

C O N T E N T S

프롤로그   007

제1장 달라진 시간   015

제2장 어쩔 수 없는 선택   045

제3장 선택받아야 하는 자들   077

제4장 같으면서도 다른 과거   107

제5장 최고의 수료생   165

제6장 능숙한 애송이   209

제7장 운명이 아닌 우연으로   285

프롤로그

카르디어스 신성력 1416년 2월 1일.

어둠이 짙게 깔린 고성(古城).

처절한 격전이 치러진 성 정중앙의 지하에선 고요함만이
감돌았다.

"헉… 헉……."

검은 갑주와 투구를 착용한 남자의 입에서 거친 숨소리가
새어 나왔다. 지금 그가 서 있는 제단을 향해 수많은 적이 덤
벼든 결과, 검을 지팡이 삼아 의지하지 않고선 버티고 서 있기

조차 힘들었다.

그것은 그를 포함한 30명의 생존자 역시 마찬가지였다.

"모두… 잘 버텨주었다."

그들의 대장인 그의 격려에도 무거운 분위기는 계속 이어졌다.

아군과 적의 시체, 그리고 피로 뒤덮인 제단 주변은 참혹 그 자체였다.

하지만 이렇게 큰 대가를 치렀음에도 승리는 그들의 것이 아니었다. 아직도 무수히 남아 있는 적의 병력이 성을 완전히 둘러싼 상태였고, 포위망을 유지한 채 다음 명령을 기다리는 중이었다.

"우리들의 이번 생은 실패로 끝났다."

'실패'라는 단어에 주위의 공기가 한층 더 무거워졌다.

그들은 자신들을 지배하던 카르디어스 교단으로부터 도망쳐 새로운 세계를 꿈꿨다.

그러나 결국 수적 열세를 극복하지 못하고 막바지에 몰린 터였다.

100인의 결사대가 결성된 지 10년이란 시간이 흘렀다.

그들 중 생존자는 30명.

"하지만 지금, 이 자리에 살아 있는 자들은 또 한 번의 기회를 손에 움켜쥐었다."

결사대의 대장 맥스는 피투성이가 된 검을 내려놓고, 검집에서 새 검을 꺼냈다.

스르릉.

검신에 세로로 그려진 룬 문자들이 빛을 발하며 어두운 제단 위를 환하게 비쳤다.

"우리들이 언제, 그리고 어디로 되돌아갈지는 확신할 수 없다. 아니, 성공할지 성공할 수 없을지도 확신할 수 없다."

시간 회귀술.

지금으로부터 2년 전, 지금까지의 기억을 고스란히 지닌 채 과거로 돌아가는 고대의 비법을 결사대는 손에 넣었다.

10년간 지속된 교단과의 전쟁이 그들의 열세로 이어지면서 시간 회귀술을 써야 할지 말아야 할지에 대해 각자의 의견이 결사대 내에서 오고 갔다.

"하지만 만약 성공한다면⋯ 지금까지의 기억을 지닌 상태로 과거로 돌아간다면 우리는 새로운 성공을 맞이할 수도 있다."

그러나 완전한 패배가 눈앞에 닥친 지금, 그들의 의견은 하나로 통일되었다.

'어떻게든 과거로 되돌아가야 한다'로.

두 다리가 절단되어 죽음만을 기다리고 있는 24번째 대원.

등에 무수한 화살이 박힌 채로 제단 위에 쓰러진 57번째 대원.

피가 철철 흘러내리고 있는 가슴을 움켜쥔 채 거친 숨을 몰아쉬고 있는 12번째 대원.

그리고 바로 이곳에서 연인의 죽음을 맞이한 99번째 대원도 마찬가지였다.

"우리들의 이번 생은 실패로 끝났지만, 다시 시작될 생은 그러지 않도록 빌겠다."

맥스는 검을 양손으로 움켜쥐더니 제단을 향해 내리꽂았다.

우르릉.

지면이 흔들리면서 박살 난 천장 조각이 아래로 후두두 떨어졌다.

넓은 제단을 뒤덮는 거대한 마법진이 지면 위로 떠오름과 동시에 돌격을 명령받은 적 병사들의 함성이 울려 퍼졌다.

"……."

99번째 대원은 자신의 품에서 숨을 거둔 그녀의 얼굴을 천천히 쓰다듬었다.

얼굴의 왼쪽만을 가리던 그녀의 가면에 생긴 금을 타고 핏방울이 뚝뚝 떨어졌다. 아래로 축 처진 그녀의 머리카락을 타고 내려간 피가 제단에 고여 웅덩이가 되었다.

그는 자신과 함께 과거로 돌아가리라 믿어 의심치 않았던 그녀의 죽음에서 여전히 벗어나지 못했다.

'아딜나.'

그는 그녀의 이름을 마음속에서 되뇌었다.

3일 넘게 지속된 혈전 속에서 그의 몸과 마음은 지칠 대로 지쳐 있었다. 극심한 피로에 그는 자신도 모르게 긴장의 끈을 놓쳤고, 그 틈을 놓치지 않고 적들의 공격이 그를 덮쳤다.

바로 그때, 그의 등을 지켜주던 그녀가 적의 공격을 몸으로 대신 막아주었다.

뒤늦게 정신을 차린 그의 오른팔에서 뿜어져 나온 화염이 적들을 새까맣게 불태웠지만, 바닥에 쓰러진 그녀는 이미 차디찬 시체가 된 지 오래였다.

"제군들, 마지막으로 명심해라. 인간은 '쉽게' 변하지 않는다."

마법진 위로 솟아오르는 빛 속에서 대장 맥스는 검 자루를 쥔 양손에 힘을 가득 줬다.

"만약 변했다면, 그만큼의 무언가를 겪었다는 반증이다. 그것을 잊지 않는다면, 우리들의 다음 생은 이번처럼 실패로 끝나지는 않을 것이다."

맥스는 마법진에서 흘러나오는 강렬한 마나에 당장에라도 쓰러질 것 같았지만, 검을 지팡이 삼아 마지막까지 버텼다.

"아마도……."

그 말을 끝으로 맥스는 제단 위로 천천히 쓰러졌다.

그를 포함한 다른 대원들은 모두 눈을 감으며 새롭게 시작될지도 모르는 '기회'를 맞이할 준비를 했다.

단 한 명, 99번째 대원인 그만은 계속 눈을 뜨고 있었다.

'아딜나, 정말 미안해. 너를 구하지 못해서.'

결사대의 99번째 대원, 그레인은 아랫입술을 강하게 깨물었다.

'하지만 다음 생에서는 널 반드시 구하겠어. 다시 하이브리드(Hybrid)가 되는 길을 택하더라도.'

제1장
달라진 시간

하이브리드(Hybrid).

인간이 아닌 이형의 존재가 지닌 힘을 물려받은 '인간'을 지칭하는 단어.

크게는 고대의 유산이라 불리는 드래곤, 작게는 몬스터 육체의 일부를 이식하는 방식으로 그들은 강제적으로 힘을 얻게 되었다.

이는 오랜 시간에 걸쳐 진행된 카르디어스 교단의 연구가 맺은 결실이었다.

1300년이 넘는 역사를 자랑하는 카르디어스 교가 교세를 널리 떨칠 수 있었던 것은 신의 힘을 발휘하는 성자(聖者)들 덕분이었다.

그러나 해가 지날수록 성자들의 수는 줄어들었고, 사람들은 신을 믿되 예전처럼 신성시하지는 않았다.

점차 줄어드는 교세를 앞에 두고 카르디어스 교단은 극단적인 방법을 택했다.

예전만큼 성자가 태어나지 않는다면, 자신들의 힘으로 만들어내면 되지 않겠냐는 방식을…….

여러 방식의 연구 중 인간과 이형의 존재를 서로 융합하는 연구가 진행되었고, 그 과정에서 탄생한 것이 바로 하이브리드였다.

강력한 힘을 발휘하는 하이브리드를 본 교단은, 성자를 인위적으로 탄생시키겠다는 원래의 목적을 상실했다. 대신 하이브리드를 내세워 전 대륙을 카르디어스 교단의 것으로 만들겠다는 야망을 품게 되었다.

그 야망을 사전에 알아챈 자들은 다름 아닌 '시련을 받지 않는' 소수의 하이브리드들이었다.

그들은 교단으로부터 탈출한 후, 교단에 충성해야만 하는 운명에서 벗어나기 위해 서로 뭉쳤다.

그것이 바로 100인의 결사대였다.

그러나 1300년이 넘는 시간 동안 버텨온 카르디어스 교단은 만만치 않았다. 교단은 여러 책략을 동원해 교단을 떠난 하이브리드를 인류의 적이라 모략했고, 인간이 아닌 존재의 힘을 지닌 그들을 두려워한 인간들은 교단과 손을 잡았다.

결국 100인의 결사대는 진실을 외면한 인간들의 손에 의해 패배했고, 이름 없는 고성에 갇혀 죽음만을 기다리는 것처럼 보였다.

하지만 끝까지 살아남은 30명이 기다린 것은 패배가 아닌 새로운 기회였다.

*   *   *

짙은 어둠이 그레인의 시야를 지배했다.

그는 어둠 속에 홀로 서서 정면을 응시했다.

째깍째깍.

아무것도 보이지 않은 암흑 속에서 뭔가 움직이는 소리가 귓속을 파고들었다.

규칙적으로 반복되는 소리에 고개를 돌려 여기저기를 둘러 봤지만, 여전히 어둠만이 시야를 가득 메웠다.

아무것도 보이지 않는 공간 속에서 그레인은 자신이 더 이상 살아 있지 않다는 걸 인식했다.

―…….

신기하게도 그를 사로잡았던 분노와 슬픔은 더 이상 느껴
지지 않았다.

아딜나의 죽음을 목전에 두고 꽉 움켜쥐었던 왼손은 펼쳐
져 있었다. 굳은살을 파고든 손톱 아래로 뚝뚝 떨어졌던 핏방
울은 더 이상 흘러나오지 않았다.

―정말로 나는 과거로 돌아갈 수 있는 건가…….

시간 회귀술에 모든 것을 걸었지만, 그걸 시도한 대장 맥스
조차도 성공할지 성공하지 못할지에 대해 확신하지 못했다.

죽은 자의 공간이라 여겨지는 이곳에서 영원히 머물게 될
까, 아니면 신의 판단 아래 천국과 지옥으로 분류되는 두 곳
중 어느 곳으로 흘러가게 될까.

결과를 알 수 없는 도박의 행방은 어둠 속에서 묘연하기만
했다.

재깍재깍.

―흐음?

순간 어둠이 옅어지면서 무언가 희미한 형상이 그레인의 시야에 들어왔다.

그레인은 굳은 표정으로 입을 굳게 다물었다.

모든 것을 떨쳐 버렸다는 느낌 대신, 사르르 떨리는 입술에서 안타까움이 묻어났다.

그녀, 아딜나와 함께했던 시간들이 역순으로 그레인의 눈앞에서 전개되었다.

"시간 회귀술이 성공한다 해도 우리 둘 다 마지막까지 살아남지 않으면 아무런 의미가 없어. 그러니 살아남자, 반드시."

그녀가 죽기 전날 밤, 아딜나와 단둘이 나누었던 말이 그레인의 마음속을 날카롭게 파고들었다. 사라졌던 슬픔이 서서히 되돌아오면서 눈시울이 붉어졌다.

"너는 순수하게 앞만 보고 달려가는 사람이야. 하지만 때로는 옆과 뒤를 볼 줄도 알아야 해."

침착한 목소리로 조언을 하던 아딜나의 모습에 그레인은 고개를 숙였다.

정작 그 말을 남긴 아딜나가 자신보다 먼저 가버렸다는 슬픔에 목이 메었다.

"괜찮아. 이건 아무것도 아니야, 그레인."

이식받은 메두사의 힘을 세 번째 발휘하던 날, 그녀는 슬픈 미소를 지으며 그레인에게서 등을 돌렸다.

자신들을 구해주었음에도 그녀의 힘과 변해 버린 외형을 두려워하며 시민들은 도망쳤고, 그 광경을 바라보며 그레인은 안타까워했다. 그때부터 아딜나는 그를 번호가 아닌 이름으로 부르기 시작했다.

재깍재깍.

어둠 속에서 아딜나와의 기억이 계속 이어지는 동안, 그는 귓가에 파고드는 소리의 정체를 파악했다. 역순으로 진행되는 시간을 암시하는, 회중시계의 바늘이 돌아가는 소리였다.

바늘이 돌아가는 소리의 간격이 짧아지면서 아딜나와 그레인의 모습은 30대 초반에서 20대로, 그리고 10대 후반으로 어려지고 있었다.

죽음이라는 현실이 가져다준 냉정함은 더 이상 그에게서 찾아볼 수 없었다. 그녀가 죽기 직전 그를 사로잡았던 절실함이 다시금 그를 지배했다.

그는 애절한 기분을 떨쳐내기 위해 아랫입술을 강하게 깨물었다.

—아…….

계속 침묵을 지키던 그의 입에서 나지막한 목소리가 흘러나왔다.

맨 처음 아딜나와 만났을 때의 기억이 형상화되어 눈앞에 펼쳐지자, 어느새 펼쳐진 두 손이 부들부들 떨리기 시작했다.

하이브리드가 된 이후 첫 출전이었던 18살의 소년과 연구소 밖으로 처음 나온 16살 소녀의 만남은 긴박한 상황에서 이루어졌다.

마차를 습격하던 몬스터들을 발견한 그레인은 그의 오른팔을 대신한 화룡(火龍)의 힘으로 사람들을 구해냈고, 마차에 타고 있던 아딜나는 자신의 힘을 처음으로 선보이며 몬스터들을 제압했다.

이제 막 청년이 되기 직전의 자신과 그때부터 늘 슬픔을 지녔던 아딜나를 본 그레인의 눈가에 눈물이 고이기 시작했다.

두 남녀의 첫 만남이었지만, 이제는 그레인 혼자만의 일방적인 기억이 될지도 모른다. 과거를 기억한 채 '과거'로 돌아가는 그와 그렇지 못한 그녀의 차이는 무엇으로도 메울 수 없기에.

―차라리 나도 같이 죽었다면… 그랬다면…….

연인이 눈앞에서 죽는 슬픔을 잊고서 과거로 돌아갈지도 모른다. 그에게 있어 아픔만 가져다주는 옛 추억에서 벗어났을 수도 있다.

그러나 그의 소망과는 상관없이 흐릿한 모습으로 떠오르는 두 남녀는 서로 어색한 표정을 지으며 마주 보고 있었다.

그레인은 눈앞에서 펼쳐지는 과거의 잔상으로 손을 뻗었다.

아직 어렸던 16살의 아딜나의 뺨을 어루만지려 했지만, 손은 아무것에도 닿지 않은 채 그저 허공만을 휘휘 저을 뿐이었다. 잠시 후 과거의 잔상이 점점 멀어지더니 희미해지며 어둠 속 깊은 곳으로 사라지기 시작했다.

그레인은 오른손을 앞으로 뻗은 채 정면을 멍하니 응시했다. 안타깝지만, 결국 그는 이곳에서 아무것도 할 수 없다는 잔혹한 현실만을 다시금 깨닫고 두 눈을 지그시 감았다.

재깍재깍.

다시금 완전한 어둠 속에 빠진 공간 속에서 그레인은 풀썩 쓰러졌다. 그의 귓가에 아딜나를 처음 만났을 때 들었던 말이 맴돌았다.

"너를 만나게 된 건, 운명일지도 모르겠어."

＊　　　　＊　　　　＊

"……!"

두 눈을 부릅뜬 그레인은 상체를 벌떡 일으켰다.

"으윽."

어둠 대신 시야를 지배한 빛에 그는 인상을 찌푸리며 주변을 더듬었다.

차가운 제단의 돌바닥이 아닌, 짚더미 같은 것이 손에 잡혔다. 축축한 땅바닥을 디딘 맨발에는 진흙이 잔뜩 묻었다.

"여기는 어디지?"

회복된 시야에 들어온 광경은 고성 지하의 제단이 아닌 허름한 곳간이었다.

그레인은 연신 눈을 깜박였고, 두 손으로 눈을 비볐지만 변한 건 아무것도 없었다. 그는 곳간 옆에 난 작은 창문을 통해 들어온 빛을 멍하니 응시했다.

"꿈인가?"

하지만 꿈이라고 여기기엔 보이고, 들리고, 느껴지는 모든 것에 거짓은 없었다.

"아니면 정말로 시간 회귀술에 성공한 걸까?"

그것을 확인하기 위해선 가장 먼저 자신이 과거의 육체로 돌아왔는지 확인해야 한다.

그레인은 양손을 얼굴 가까이 가져갔다.

한눈에 봐도 확 줄어든 양 손바닥을 보자마자 과거로 돌아갔음을 직감했다.

이번에는 두 손으로 양팔을 번갈아 가며 매만졌다. 탄탄한 근육은 온데간데없고, 어린아이의 앙상한 팔만이 잡혔다. 얼굴을 쓰다듬었지만 거칠게 자라났던 수염은 한 가닥도 느껴지지 않았다.

그리고 화룡의 어금니와 융합한 결과 생겨났던, 오른쪽 팔꿈치를 뚫고 나온 어금니의 끝부분은 보이지 않았다.

"아냐, 그래도 혹시 모르니……."

그레인은 자신의 얼굴을 보기 위해 거울이 어디 있는지 주변을 뒤져봤다. 하지만 거울은커녕 반짝이는 것 자체가 눈에 띄지 않았고, 다시 생각해 보니 이런 곳에 거울이 있을 리 없었다.

결국 그레인은 곳간 밖으로 나가 주변을 두리번거렸다.

어둠만이 가득했던 지하 제단과 달리 푸른 하늘 아래로 햇빛이 쏟아졌다. 그는 오른손으로 눈 위를 가리고선 얼굴을 비출 수 있는 무언가를 찾기 시작했다.

곳간 뒤에 흐르는 강에 얼굴을 가까이 가져가자 추측은 확신으로 바뀌었다.

"정말로 내가… 과거로 돌아왔구나."

왼쪽 눈을 가로지르는 흉터는 온데간데없이 사라졌고, 대신 10살 남짓한 소년의 얼굴이 물결치며 그의 시야에 들어왔다.

문제는⋯⋯.

"그런데 예전의 내가 이랬던가?"

그레인의 어린 시절은 험난했던 청년 시절과 달리 비교적 윤택했다.

그의 아버지 칼레인은 커다란 상점 몇 개를 지니고 있던 상인이었고, 덕분에 집을 떠나기 전까지 부족할 것 없이 지냈다. 스무 살이 되었을 때 터진 전쟁으로 집안이 몰락하긴 했어도.

"완전 거지잖아?"

땟국물이 줄줄 흐르는 얼굴.

낡고 색이 바래 버린 옷.

신발을 신지 않아 굳은살이 박여 있는 발바닥.

그는 머리를 굴려가며 지금과 옛 기억을 짜 맞춰봤지만, 아무리 봐도 거지 몰골인 지금의 자신은 알고 있던 과거와는 거리가 멀었다. 예전 어렸을 때의 얼굴은 분명히 맞았지만.

그레인의 머릿속에는 궁금증만 더욱 커져갔다. 결국 해답을 찾지 못한 그레인은 고개를 갸웃거리며 곳간으로 돌아갔다.

부스럭.

바로 그때, 그레인이 누워 있었던 짚더미가 꿈틀거리더니 그 안에서 아이들이 하나둘 기어 나왔다.

"으으… 나갈 시간… 이야?"

"벌써 해가 떴어?"

"아, 배고파……."

힘 빠진 목소리의 아이들은 그레인과 크게 다를 바 없는 몰골이었다.

덜컹!

순간 곳간 문이 활짝 열리면서 술 냄새가 주변으로 확 퍼졌다.

"이 개새끼들아! 언제까지 처잘 거야? 일어나!"

사내의 호통에 아이들이 허겁지겁 움직이더니 문 왼쪽에 일렬로 집합했다.

영문을 알 수 없었던 그레인은 혼자서만 멍하니 앉아 주변을 둘러보고 있었다.

"끄윽… 그레인! 뭐 해? 안 움직여?"

"저, 말입니까?"

"그러면 너지, 누굴 불렀겠어? 당장 일어나!"

그레인은 냅다 자신의 팔을 잡아끄는 사내의 얼굴을 뚫어져라 쳐다봤다.

'어디서 본 얼굴이긴 한데, 누구였지?'

분명히 기억에 있는 인상이긴 하지만 술에 취해 벌겋게 달아오른 얼굴이라 누구인지 애매모호했다.

여긴 어디인지, 나는 왜 이곳에 있는지, 왜 저 사내는 나에게 화를 내는지……. 눈에 보이고 귀에 들리는 모든 것이 그레인에게는 수수께끼 같았다.

타인을 통해 확실하게 알아낸 사실은 자신이 그레인이라는 것 하나뿐이었다.

"저, 죄송하지만……."

"또 뭐야? 말투는 왜 그래?"

"여기가 어디입니까?"

"어디냐고?"

순간 그레인의 시야가 크게 요동쳤다.

사내는 그레인의 멱살을 잡아 위로 확 들어 올렸다.

"이 녀석이 아직도 잠에서 덜 깼구나."

"캑! 캑!"

숨이 막힌 그레인은 발버둥 쳤지만 허공에서 발을 동동 구를 뿐이었다.

쿵!

그대로 뒤로 날아가 벽에 처박힌 그레인은 고개를 숙이고서 연신 기침을 했다.

"이봐, 아무리 모자란 애새끼라도 네 조카잖아? 적당히 끝내."

뒤따라 들어온 또 다른 사내는 혀를 차면서 그레인을 한심하다는 눈빛으로 내려다봤다.

'내가 저놈의 조카라고?'

그레인은 눈가에 고인 눈물을 닦아내며 벌건 얼굴의 사내를 자세히 살펴봤다.

처음에는 못 알아봤지만, 밉상스럽게 생긴 얼굴과 특유의 썩은 표정에 기억이 서서히 되돌아왔다.

"메… 멜린 삼촌?"

"그래, 이제야 잠이 깼냐? 역시 매가 최고군!"

찰싹!

멜린은 그레인을 다시 일으켜 세우더니 귀싸대기를 때렸다.

"젠장, 저렇게 때리면 오늘도 일 시키기는 글렀잖아? 적당히 해두라고. 하아암……."

멜린의 동료는 아직 잠이 덜 깼는지 연신 하품을 하면서 다른 애들에게 손짓을 했다. 아이들은 축 처진 어깨를 이끌고 곳간 밖으로 줄지어 나갔고, 그 와중에도 멜린의 구타는 계속 이어졌다.

"휴, 이제야 좀 술이 깨네."

"으윽……."

그레인의 터진 입에서 흘러나온 피가 턱과 목을 타고 옷 안쪽으로 흘러내렸다.

"넌 가서 술이나 사 와."

멜린은 주머니를 뒤지더니 바닥에 쓰러진 그레인을 향해 동전을 휙 내던졌다.

"점심때까지 안 돌아오면 오늘 식사는 없다. 그리고 지난번처럼 괜히 도망쳤다가 다시 받아달라고 싹싹 빌지나 마. 어차피 넌 여기 말고 갈 곳도 없잖아?"

＊　　＊　　＊

곳간을 떠나 시내로 터벅터벅 걸어가는 그레인의 표정은 굳어 있었다.

얼굴 여기저기, 이곳저곳 멍이 들었고, 입안 상처 때문에 입을 벌리는 것조차 고통스러웠다.

덤으로 심부름을 시킨 멜린에게 어디로 가야 하냐고 물어보는 바람에 한 대 더 맞았지만, 그게 문제는 아니었다.

"도대체 어떻게 된 일인지 모르겠어."

분명 과거로 돌아온 건 확실하다.

하지만 지금 그가 겪고 있는 '과거'는 기억 속의 과거와는 거리가 멀었다.

제대로 된 과거로 돌아갔다면, 지금 나이의 그레인은 하녀들의 시중을 받으며 옷을 입고, 고급스러운 식사를 앞에 두고 음식 투정을 해야 마땅했다.

그리고 그레인이 알고 있는 멜린은 도박과 술에 빠져 가문에선 없는 사람 취급 받던 인간이었다. 결국 그레인이 15살쯤 되었을 때 가문에서 쫓겨났고, 그 뒤 행방이 묘연해졌다.

방금 전처럼 그레인을 아무 이유 없이 구타하는 멜린은 이 시간대에는… 아니, 애초부터 존재하지 않아야 한다.

"설마 꿈?"

그레인은 자신의 의심이 진짜인지 확인하기 위해 주위를 두리번거렸다.

나무를 발견한 그는 조금도 지체하지 않고 양손으로 붙들더니 머리를 들이박았다.

쾅! 쾅!

찢겨진 이마에서 흘러나온 피가 눈썹 사이를 지나 흘러내렸다.

"으… 아프잖아."

그럼에도 눈앞의 현실은 바뀌지 않았다. 부잣집 아들로 되돌아가야 할 자신은 여전히 거지나 다름없었다.

결국 그레인은 계속 시내를 향해 걸어갔다. 자신을 알고 있는 또 다른 누군가에게 물어본다면, 지금의 뒤틀어진 과거에 대해 설명해 줄 것이라 믿으면서.

그런데 막상 시내에 도착하니, 이번엔 누구에게 물어봐야 할지가 막막해졌다.

낡은 옷에 고약한 냄새가 풀풀 나는 어린 그레인에게 사람들은 접근조차 하지 않았다. 그레인이 거리 한복판을 걸어가자 맞은편에서 오던 시민들은 노골적으로 인상을 찌푸리며 멀리 돌아갔다.

'알아서 심부름을 가라고 시켰으니, 술집에 가면 뭔가 알수 있겠지?'

그레인은 술집이 모여 있는 어두컴컴한 뒷골목으로 들어갔다.

그러나 그곳에서도 괄시받기는 마찬가지였다. 노출이 심한 옷을 입은 접대부들은 장사에 방해가 된다며 물러나라고 손짓했다. 술집 입구를 지키는 어깨들 역시 마찬가지였고, 개중에는 물을 뿌리며 쫓아내기도 했다.

그렇게 이리 치이고 저리 치이며 뒷골목 가장 안쪽으로 걸어간 그레인은 낡고 허름한 간판이 걸린 술집 앞에 멈춰 섰다. 기억에는 없지만 뭔가 익숙한 느낌에 가만히 가게 앞에 서있었다.

그러자 입에 여송연을 문 술집 주인이 기지개를 켜며 가게 밖으로 나왔다. 때와 얼룩이 잔뜩 묻은 앞치마를 두른 뚱뚱한 중년 남자와 그레인의 시선이 마주쳤다.

"뭐냐, 너 벌써 술심부름 온 거냐?"

사내는 술집 안으로 도로 들어가더니 잠시 후, 물어보지도 않았는데 술병 두 개를 양손에 하나씩 들고 나왔다.

"저, 물어볼 게 있습니다만."

"그런데 얼굴에 그게 뭐냐? 쯧쯧! 그 개자식이 또 그랬냐?"

사내는 그레인의 이마에 생긴 피딱지를 보며 혀를 찼다.

"절 아십니까?"

"응?"

"아, 아니다. 삼촌에 대해 알려줄 수 있나요?"

그레인은 자신이 한 말이 '어린이'답지 않다는 걸 즉각 깨닫고 재차 말투를 바꿔 물었다.

"응? 무슨 소리냐? 뭐 때문에?"

하지만 사내는 똑같은 대답을 반복했다.

"아, 그게 말이죠. 뭐라 해야 할지……. 제가 알던 삼촌과는 다르다고나 할까. 아무튼 그게……."

미래에서 과거로 왔는데 내가 알던 과거와 달라졌다고 물어봤다간 당장에 미친놈 취급 받을 게 뻔했다.

어떻게든 우회적으로 물어보고 싶었지만, 그레인은 마땅히 할 말을 찾지 못하고 말끝을 흐리며 당황했다.

"아이고……. 이젠 정신이 오락가락할 정도로 얻어맞았구나."

사내는 눈물을 글썽이며 그레인의 머리를 토닥거리려 했지만, 냄새 때문에 손만 내민 채 뒤로 물러났다.

"네 부모님들도 참 무심하시지. 어린 널 혼자 놔두고 저세상으로 가버렸으니 말이야."

"네?"

그레인의 오른손에 힘이 빠지면서 쥐고 있던 동전이 아래로 떨어졌다.

"하다못해 네 삼촌이라도 제대로 된 인간이면 좋으련만, 맨날 술만 퍼마시고 남은 재산을 거의 다 까먹고 있으니, 쯧쯧……."

사내는 주절주절 말을 늘어놓으며 담뱃재를 아래로 툭툭 털었다.

'어떻게 된 일이지? 아버지와 어머니가 벌써 돌아가셨다니?'

그레인이 기억하고 있는 아버지는 그가 집을 떠난 이후 20살 되던 해에 세상을 떴다. 몇 년 후 아버지의 사망 소식을 뒤늦게 전해 듣고 집으로 돌아갔을 땐 어머니 역시 고인이 된 후였다.

가족과 영원히 헤어지는 불행을 겪기에는 너무 이른 시점이었다.

그레인은 순간 멍하니 하늘만 쳐다봤지만, 이내 정신을 차리고 사내의 이야기에 집중했다. 굳이 먼저 물어보지 않아도 사내는 멜린에 대해 주구장창 떠들었고, 그렇게 30분 넘게 이야기가 길어지자 그레인은 자신이 어떤 상황에 처했는지 대충 알게 되었다.

그레인의 가문은 재작년 아버지의 투자 실패로 몰락했고, 그 후 병을 얻은 아버지와 어머니가 바로 작년에 돌아가셨다. 그리고 얼마 남지 않은 재산을 멜린이 대신 맡아 관리하게 된 순간부터 그레인의 지옥이 시작되었다.

멜린은 그레인의 아버지로부터 물려받은 농장을, 싸게 사들인 길거리의 아이들을 부리면서 운영했다. 그리고 그 아이들 속에 그레인을 포함시키면서 똑같이 대우했다.

아니, 더욱 가혹하게 대했다. 그레인의 부모는 이전부터 술과 노름에 빠진 멜린을 꾸짖었고, 멜린은 그 꾸짖음을 잊지 않고 고스란히 그레인의 학대로 되갚아주는 중이었다.

당연히 그레인은 이를 악물고 분노했지만, 이내 냉정함을 되찾고 생각에 잠겼다.

'화는 언제든지 낼 수 있어. 지금 중요한 건 과거가 왜 이렇게 변했냐는 점이야. 올해가 1392년이라고 했으니 그때로부터 24년 전으로 되돌아간 거고… 잠깐, 이거 혹시?'

그레인은 대장 맥스가 시간 회귀술을 완성시키기 전에 했던 말을 찬찬히 떠올렸다.

"우리들이 언제, 그리고 어디로 되돌아갈지는 확신할 수 없다. 아니, 성공할지 성공할 수 없을지도 확신할 수 없다."

'모두 같은 연도로 돌아간다는 이야기는 없었어.'

결사대원 중 자신보다 더 이전의 시간으로 되돌아간 자들도 있을 수 있다.

그리고 그런 자들은 당연하게도 예전의 과거와는 다른 식으로 행동했을 게 분명하다. 애초에 똑같은 일을 반복하지 않기 위해 과거로 돌아간 것이니까.

그렇게 앞서간 이들의 행동에 의해 예전의 과거는 점차 변하게 될 테고, 그 결과 그레인이 기억하고 있는 과거와는 전혀 다른 '과거'가 되어버린다는 결론에 도달했다.

"…아무튼 그렇게 된 거지. 흐음, 듣고 있냐?"

"네?"

"어이쿠, 상태도 안 좋은 애를 상대로 내가 주절주절 떠들기만 했구나. 괜찮냐?"

"아, 괜찮을 겁니다. 아니, 괜찮아요."

"에휴, 넌 어려서 잘 모르겠지만, 살다 보면 좋을 때도 나쁠 때도 있는 법이란다. 아무튼 빨리 이거 가지고 가라. 늦었다고 뭐라 하면 내 핑계 대고. 알겠지?"

사내는 그레인에게 술병을 내밀었지만, 정작 그레인은 그저 서 있기만 할 뿐 손을 내밀지 않았다.

워낙 많은 정보를 순식간에 받아들여서였을까, 뇌리에서 여러 생각이 교차했다.

'우선은 그곳으로 가보자. 고민은 그때 가서 해도 돼.'

결심을 한 그레인은 떨어뜨렸던 동선을 다시 주워 들더니 사내를 향해 불쑥 내밀었다.

"술 대신 이 금액만큼 먹을 걸 주세요."

"뭐? 너 또 도망치게? 아서라."

사내는 손을 휘저으며 만류했지만 그레인의 태도에는 변함이 없었다.

"허어, 정말로?"

이전의 그레인과는 뭔가 달랐다.

말투가 이상하게 변한 건 둘째 치고, 분위기도 뭔가 달라졌다. 이전까지 술심부름을 왔던 그레인의 눈에는 두려워하는 기색이 역력했지만 지금은 그런 낌새조차 보이지 않았다.

"뭐, 나야 어차피 돈만 받으면 되지만, 정말 괜찮겠냐? 따로 갈 곳은 있고?"

"네, 그곳에서 두 눈으로 확인하고 싶은 게 있어서요. 어디인지 가르쳐 주실 수 있나요?"

*　　　*　　　*

끼이익.

그레인은 녹슨 철제 대문을 열고 그 안으로 들어갔다.

"……."

3일 동안 쉬지 않고 걸어온 결과를 눈앞에 두고 그레인은 연신 눈을 깜박거렸다.

원래대로라면 화사하게 핀 꽃들이 정원을 가득 채워야 했을 '예전'의 집.

그러나 뒤틀린 시간 속에서 그레인이 태어나고 자라났던 집은 그 누구도 살지 않는 폐허가 되어버렸다. 그럼에도 옛 기억을 떠올리게 만드는 요소들이 파편처럼 남아 그의 마음속 상처를 다시 건드렸다.

"믿기 힘들어. 정말 여기가……"

그레인은 눈을 감고 그가 기억하고 있던 원래의 것을 찬찬히 떠올려 봤다.

병약했지만 자상했던 어머니가 2층 테라스에서 찻잔을 기울이던 모습.

넓은 저택 안과 밖을 여기저기 돌아다니던 그레인과 그런 그를 쫓아다니며 난처해하던 하녀들과 하인들.

그런 아들과 고용인들의 모습을 바라보며 사람 좋아 보이는 미소를 짓던 아버지.

다시 눈을 뜨자 있어야 할 기억은 무채색의 잔상으로 변하더니 서서히 시야에서 사라졌다.

무너져 내린 분수대 아래에는 이끼가 잔뜩 자라났고, 꽃향기가 가득했던 정원에는 잡초들만 무성했다.

"정말로 모든 것이 예전과 달라졌구나. 그리고 부모님 역시 돌아가셨겠고."

부모님의 묘지 앞에서 무릎을 꿇고 펑펑 울었던 예전의 기억이 되살아났다.

하지만 '이번' 생에는 눈물이 흘러내리지 않았다.

제대로 실감되지 않아서였을까.

아니면 회귀 전에 겪었던 교단과의 처절한 투쟁 속에서 더 큰 슬픔을 겪어서였을까.

그레인은 부모님의 두 번째 죽음을 담담하게 받아들였다. 억지로 감정을 끌어 올려 울어보려고 했지만, 촉촉해져야 할 눈동자 아래로는 아무것도 흐르지 않았다.

그 대신 허망함은 더욱 커져만 갔다.

"하, 하하……."

크게 벌린 입에서 맥이 빠진 웃음소리가 흘러나왔다.

부잣집 아들에서 거지나 다름없는 인생으로 바뀌었다니, 슬프다기보다 어이가 없었다. 홀로 외딴섬에 떨어진 것 같은 외로움이 그를 사로잡았고, 앞으로 뭘 어떻게 해야 할지 몰라 막막하기만 했다.

"휴우……. 아딜나도 나처럼 바뀐 과거로 돌아가서 살고 있겠지."

하지만 아딜나와 그레인은 똑같은 입장이 아니다.

그레인과 달리 회귀 전의 기억이 없을 그녀의 입장에서는 회귀 후의 세상이 진짜다. 그리고 누군가에 의해 바뀐 세상 속에서의 아딜나는 그레인이 알던 아딜나가 아니게 된다.

그가 구하고자 했던 아딜나는… 더 이상 존재하지 않을지도 모른다.

슬픔에서 무덤덤함으로, 그리고 허탈함으로 연결된 감정이 불안함에까지 도달했다.

"나는 앞으로 뭘 해야 하지?"

24년 전으로 회귀한 지 일주일도 채 지나지 않은 지금, 목적을 잃어버린 그레인은 폐허가 된 옛 집터를 말없이 응시할 뿐이었다.

*　　　　*　　　　*

그레인이 멍하니 서 있는 사이에도 시간은 흘러갔다.

하늘 높이 떠 있던 해는 어느새 지평선 너머로 모습을 반쯤 감췄다. 그레인의 시야 저편으로 저녁노을이 지기 시작했다.

"휴우……."

그레인은 길게 한숨을 내쉬며 감정을 추슬렀다.

변해 버린 과거… 아니, 변해 버린 현재 자신의 입장을 냉정하게 따지기 시작했다.

아무것도 가지지 못한 12살의 꼬마.

후견인이라는 삼촌은 그를 노예나 다름없이 부리며 구타까지 서슴지 않는다. 그저 먹고 자는 걸 해결할 수 있을 뿐, 그

외엔 이득은커녕 손해만 입고 있다.

"음?"

머리에 축축한 무언가가 떨어지자 그레인은 고개를 위로 향했다.

저녁노을 대신 나타난 짙은 먹구름이 하늘을 뒤덮었다.

하나둘 떨어지던 빗방울이 굵어지더니, 이내 차가운 빗줄기가 폐허가 된 옛 집터 위에 쏟아지기 시작했다.

그레인은 급히 비를 피해 나무 아래로 달려갔다. 축축하게 젖은 땅바닥에 앉아 있는 것만으로도 온몸이 으슬으슬 떨렸다.

"젠장!"

그레인은 무릎을 꿇더니 양손으로 땅바닥을 내려쳤다.

"이런 과거로는 돌아오고 싶지 않았다고!"

이전 같았으면 몸에 묻은 비 따위 불길로 몸을 감싸 증발시켰겠지만, 회귀 전 지녔던 화룡의 힘은 역시나 발휘되지 않았다. 머리카락을 적신 비가 뺨을 타고 턱 아래에 고여 아래로 뚝뚝 떨어졌다.

하지만 계속 분노에 휩싸여 있을 수만은 없었다. 변해 버린 과거에 화를 내봤자 바뀌는 건 아무것도 없다. 그레인은 흥분을 가라앉히며 앞으로 어떻게 해야 할지 궁리했다.

"그 망할 삼촌에게 돌아갈 수는 없어. 그렇다 해도……."

이대로 흐름에 따라 거리의 아이들이 되는 것은 머릿속에서 거부당했다. 아이 홀로 뒷골목에 들어가 봤자, 어른들의 힘에 짓눌려 앵벌이를 하거나 소매치기가 될 뿐이다.

"결국 고아원으로 가는 수밖에 없겠군. 날 받아줄지는 모르겠지만."

그레인은 회귀하기 전 고아 출신이었던 결사대원들의 이야기를 떠올리며 양손을 펼쳐 얼굴 가까이 가져갔다.

이제 겨우 12살인데도 굳은살이 깊게 박여 있는 손바닥을 보니 실없는 웃음이 터져 나왔다.

"그래, 가진 것도 없이 죽어라 고생만 해왔다 이거지?"

지금의 그레인에게 회귀 전에 지녔던 화룡의 힘은 물론, 손아귀에 쥐어진 건 아무것도 없었다.

"하지만 완전히 빈털터리는 아니야."

하지만 변화된 과거 속에서도 그는 회귀한 자들만의 강점을 여전히 지니고 있었다.

36년 동안 살아오면서 익혔던 경험과 지식은 그의 뇌리에 아직도 생생히 남아 있다. 보통의 12살 소년이었다면 인간쓰레기인 삼촌 아래에서 살 수밖에 없었겠지만, 지금의 그는 다르다.

그리고 자신 혼자만이 아닌 다른 29명과 다시 만나서 손을 잡을 수 있다.

그리고 또 하나.

"이제 더 이상 똑같은 실수를 반복하진 않겠어."

인간이 살아가면서 반드시 저지르게 되는 실수, 시행착오.

그것을 피하면서 살아가면 같은 1년, 1개월, 1초라도 회귀하지 않은 자들보다 더 알차게 쓸 수 있다. 그렇게 해서 이전보다 더 일찍 '힘'을 얻는다면, 이전에 이루지 못한 것들을 손에 움켜쥘지도 모른다.

"우선은 살아남자. 아니, 살아가자."

그의 머릿속의 기억과 다른 역사가 계속 진행된다 할지라도.

제2장

어쩔 수 없는 선택

카르디어스 신성력 1392년 6월 10일.

도시 외곽에 위치한 이름 없는 고아원.

평소 같으면 고아원 앞 공터에 뛰어다닐 아이들이 오늘만은 한곳에 모여 있었다. 그 아이들은 원장실 창문 밖에 다닥다닥 달라붙어 안에서 무슨 일이 벌어지는지 보느라 눈을 떼지 않았다.

"고아원 운영을 수십 년째 해왔지만……."

고아원의 원장인 케빈은 말을 도중에 멈추고서 맞은편에

서 있는 아이를 넌지시 쳐다봤다.

그의 눈에 비친 12살의 소년, 그레인은 당돌함 그 자체였다.

"너처럼 알아서, 그것도 혼자서 찾아오는 애는 처음이로구나."

거리의 고아들이 소매치기나 도둑질을 일삼다가 단체로 도망쳐 오는 경우야 종종 있어왔다.

하지만 이렇게 혼자, 그것도 당당한 표정으로 원장실 문을 두들기는 아이는 고아원을 운영한 지 30년 만에 처음 겪는 경우였다.

"글쎄, 참으로 난감하게, 이거."

평소 같았으면 대꾸도 안 하고 쫓아냈겠지만, 워낙 특이한 경우라 그레인을 관찰 중이었다.

그렇다고 받아들일 생각은 처음부터 눈곱만큼도 없었지만.

"그런데 어쩐다? 지금 고아원 재정상 널 받아들이는 건 좀 무리인데. 아, 무슨 말인지 모르겠구나? 쉽게 설명하자면……."

고아원 운영이 순수한 자선 사업이라 생각하는 이들은 세상을 몰라도 너무 모르는 이들이다.

아이들에게 먹이는 음식과 입힐 옷, 그리고 재울 공간만 따져도 적지 않은 돈이 소모된다. 자선으로 순수하게 쾌락을 느끼는 이들은 적고, 결국 고아원 내에서 많은 금액을 해결해야 한다.

바로 부유한 집안으로의 입양이 해결책이었다.

입양을 위해 아이가 갖춰야 할 요소는 우선 뛰어난 용모, 그리고 잔병치레 없는 건강한 육체다. 그리고 무던한 인성 또한 필요로 한다.

'얼굴은 그럭저럭 괜찮다 쳐도, 눈빛이 어린아이의 것이 결코 아냐. 무슨 생각을 하고 있는 건지 도통 알 수 없군.'

케빈은 실제 나이와 도통 들어맞지 않는 그레인의 분위기를 다른 방향으로 해석했다.

그냥 보내기는 아쉽고, 그렇다고 받아들이기에는 애매했다. 덕분에 케빈은 그답지 않게 여러 핑계가 섞인 설명을 지루하게 늘어놨다.

"아, 혹시 특기 같은 건 없냐?"

"특기 말입니까? 특기라……."

전투에 특화되었다,라는 대답이 그레인의 입안에 머물다가 금세 사라졌다.

그건 어디까지나 하이브리드의 힘을 얻었을 때의 이야기였고, 게다가 그건 18살 이후의 이야기였었다.

'아, 나 지금 12살이었지?'

그레인은 12살의, 고아원이 아니면 갈 곳 없을 아이가 지니기 힘든 특기가 무엇인지 생각에 잠겼다.

"글을 읽고 쓸 줄 압니다만."

"뭐, 정말?"

그레인은 케빈의 책상에 놓여 있던 책을 집어 들더니, 페이지를 휘리릭 넘기며 아무렇지 않다는 표정으로 유창하게 읽어 내려갔다.

"이건 서부 대륙 쪽 사투리로 쓰인 소설이로군요."

"그… 그렇지. 여기 선생들도 어렵다고 안 보는 책을 넌 용케도 잘 읽는구나. 혹시 계산도 할 줄 아냐?"

"네, 그 정도야 뭐……."

그레인은 책 옆에 놓여 있던 종이와 깃털 펜을 집더니 쓱쓱 아무 수식이나 적어서 계산을 했다. 꾀죄죄한 몰골의 고아가 갖출 수 있는 능력은 결코 아니었다.

"너, 있는 집안 출신이었냐? 이제 보니 말투도 그 나이답지 않고 말이야. 뭔가 속사정이 있는 것 같은데?"

"그게 무슨 의미가 있겠습니까? 보다시피 지금은 이 모양인데."

깃털 펜을 내려놓은 그레인은 탁자 위 접시에 놓인 과자를 집더니 입에 넣고 우물우물 씹었다. 오래간만에 먹어보는 단 것이라 자신도 모르게 두 번, 세 번 연거푸 먹어치웠다.

"천천히 먹어라. 체할라."

"그것보다 어떻게 하실 겁니까? 여기 있어도 괜찮습니까?"

"괜찮다마다! 너 정도라면 좋은 가문의 양자로 들어갈 수 있을 거다."

과자를 다 먹어치운 그레인은 입가에 묻은 과자 부스러기를 툭툭 털어냈다.

"그렇다면 여기에 있는 다른 아이들보다 좀 더 잘해주실 수 있으리라 믿겠습니다."

"허어, 이 녀석 봐라? 벌써부터 흥정하려고 드네?"

케빈은 얼굴을 살짝 찌푸렸지만, 이 낯선 아이가 그렇게 밉지는 않았다.

"뭐, 대단한 걸 요구하는 건 아닙니다. 먹을 거나 다른 애들보다 더 넉넉히 주십시오. 맛 따위는 상관없습니다. 근육 좀 키울 수 있게 많이 먹을 수 있으면 됩니다."

"근육?"

12살의 아이가 근육 타령을 하자 케빈은 더더욱 그레인을 이해하기 힘들었다.

"이상한 요구를 하는구나. 아니, 그것보다… 그걸로 충분하겠냐?"

"그 이상을 바라봤자 얼마나 더 얻겠습니까?"

"도대체가 넌 어떤 놈인지 알 수가 없구나."

"만난 지 하루도 안 되었는데 상대를 다 안다고 말한다면, 그건 사기꾼입니다. 안 그렇습니까?"

　　　　　*　　　　　*　　　　　*

　그날 이후 그레인은 고아원의 일원이 되었다.

　다른 아이들과 달리 원장의 잔심부름이나 문서 작성을 도와야 하는 등 바쁠 때도 있었지만, 이전 농장에서 노예나 다름없이 취급받던 시절에 비하면 천국이나 다름없었다. 무엇보다 자기 자신을 위해 시간을 투자할 수 있다는 점에 한숨 돌릴 수 있었다.

　게다가 케빈이 운영하는 고아원은 입양이라는 목적에 가장 충실했기에, 역설적으로 이곳의 아이들은 고아 중에서도 가장 좋은 취급을 받았다. 아이들에게 중노동을 시키지도 않았고, 식비를 최대한 아끼지도 않았다. 단, 아이를 입양하러 오는 사람들에게 동정심을 불러일으키기 위해 옷은 낡은 것을 입혔지만.

　결과적으로 그레인은 그 나이와 상황상 얻을 수 있는 최상의 환경 속에서 살아갈 수 있었다.

　그러나 시간이 흘러갈수록 그레인은 고아원 내에서 고립되어만 갔다.

　처음에는 새로 온 그레인에게 몇몇 아이가 접근하긴 했지만, 겉모습만 12살이고 머리는 36살인 그레인이 아이들과 공차기를 하며 놀 리 없었다. 애초부터 그는 또래 애들과 어울릴 수도 없었고, 어울릴 마음조차 없었다.

사실 그의 마음은 회귀 이후 예상치 못한 과거의 변환 때문에 여러 생각으로 복잡한 상태였다. 그렇기에 앞으로 어떻게 해야 할지 혼자 생각할 시간이 필요했다.

아이들은 아무도 상대하지 않고 혼자 있는 그레인에 대해 서서히 반감을 가지기 시작했다.

원장실에 들락거리며 뭔가 총애를 받는다는 느낌을 받는 건 둘째 치더라도, 그레인 혼자만이 자신들보다 식사를 더 많이 배급받았기에 질투의 대상이 되기에 충분했다.

"야, 너!"

그레인이 고아원에 들어온 지 한 달째 되던 날.

평소처럼 나무그늘 아래서 혼자 밥을 먹던 그레인 앞에 아이들이 몰려들었다. 기껏해야 1살 정도 더 많아 보이는 소년들은 주먹을 어루만지며 으름장을 놨지만, 그레인은 아이들을 한번 훑어보더니 아무 일도 없었다는 듯 계속 식사를 했다.

"넌 뭔데 우리보다 더 처먹는 거야?"

"응?"

"뭐가 잘났다고 더 먹냐고."

세상에서 가장 치졸하고 아니꼬운 게 먹는 것 가지고 시비거는 일이다.

그레인은 언젠가 아이들이 시비를 걸 거라고 예상했다. 하지만 이런 걸로 트집 잡을 줄은 미처 생각도 하지 못했다.

'하긴, 이 녀석들 애잖아? 애들은 이런 것만으로도 상대를 미워할 수 있지.'

"그리고 네가 뭔데 여기서 밥을 처먹고 있어? 우리 허락 없이 밖에서는 못 먹는다고. 몰랐어?"

아이들은 아무 의미 없이, 그저 우위를 가리기 위해 지들끼리 만든 규칙을 그레인에게 강요했다.

'귀찮네, 정말. 말로 곱게 돌려보내고 싶지만 아무래도 무리겠지.'

그레인은 다른 고아들과 달리 '돈'이 될 일을 따로 더 하고 있고, 그 대가로 더 먹는 것에 불과하다. 하지만 아이들의 시비에 논리적으로 대응해 봤자 먹힐 리 만무하다.

"그냥 날 냅 둬. 나도 너희들이 뭐 하는지 신경 안 쓸 테니까."

그레인은 빵 조각을 입에 넣으면서 오른손으로 물러나라 손짓했다.

조그만 고아원에서 벌어지는 아이들 사이의 권력 다툼 따위 애초부터 관심 밖이었다.

"이 자식이!"

정면에 있던 소년이 발길질로 그레인의 식판을 걷어찼다.

그와 동시에 양옆에 있던 아이들이 그레인을 향해 달려들었다.

'이 정도야 그냥 슥 피하면······.'

퍽!

"어?"

그레인의 시야가 아래위로 크게 흔들리더니 두 다리에 힘이 쭉 빠졌다.

반사적으로 몸을 일으키려는 순간 아이들의 발길질에 도로 쓰러져야 했다.

'아, 제길! 아직 어린아이의 몸이었지!'

뭣보다 삼촌 아래 거의 1년간 제대로 먹지 못해서 허약한 상태였다. 이곳에 온 한 달간 제법 챙겨 먹었다고 생각했지만, 그래봤자 어린아이의 체력인지라 숫자에서 당해낼 수 없었다.

"개새끼! 어디 한번 죽어봐라!"

"굴러 들어온 돌 주제에 어디서 잘난 척이야?"

욕설과 함께 아이들의 구타가 계속 이어졌다.

그래봤자 아이의 힘으로 걷어차는 수준이었지만, 같은 아이인 그레인으로선 버티기 힘들었다.

그럼에도 입가가 살짝 올라가면서 절로 웃음을 지었다.

'굴러 들어온 돌? 어디서 주워들은 건 있어서······. 웃기는 군. 그래도 이대로 당하기만 하면 곤란해.'

그레인은 자신을 걷어차던 아이 중 한 명의 발목을 강하게 붙잡았다.

"날… 내버려 둬. 두 번째… 말했다."

하지만 아이들은 아랑곳하지 않고 그레인의 등과 다리를 발로 걷어차고 짓밟았다.

'그렇다면……'

세 번째 경고는 불필요했다.

그레인은 왼손으로 머리를 감싼 채 오른손으로 땅바닥에 있던 돌멩이를 움켜쥐었다.

퍽!

"아악!"

아이들 중 하나가 얼굴을 감싸 쥐며 땅바닥에 나뒹굴었다.

"뭐, 뭐야?"

"저… 저 녀석, 돌로 찍은 거야?"

아이들이 화들짝 놀라더니 한 걸음 뒤로 물러섰고, 그레인은 그 틈을 놓치지 않았다.

퍽! 퍽!

순식간에 두 아이가 더 쓰러졌고, 그레인이 움켜쥔 돌멩이 아래로 핏방울이 뚝뚝 떨어졌다.

"난 분명히 두 번이나 경고했어."

그레인은 입안에 고인 피를 땅바닥에 내뱉으며 입술을 손등으로 닦았다.

안색이 새파랗게 질린 아이들은 슬금슬금 뒷걸음질 쳤고, 그레인은 누구의 제지도 받지 않고 주동자로 보이는 소년을 향해 다가갔다.

"그, 그건 반칙이야!"

"반칙 같은 소리 하고 있네."

퍽!

애들을 끌고 왔던 소년의 이마 아래로 피가 주르륵 흘러내렸다.

"피, 피가……."

"피가 뭐가 대수야?"

그레인은 피를 보고 겁에 질린 소년의 복부를 강하게 걷어찼다. 풀썩 쓰러진 소년의 멱살을 붙잡고 다시 일으킨 그레인은 돌멩이를 쥔 손을 뒤로 젖혔다. 그대로 얼굴로 내려찍으려던 그레인은 마음을 바꿔 손등으로 뺨을 수차례 갈겼다. 그리고 멱살을 놔주며 강하게 걷어찼다.

"으… 으아앙!"

공포에 질린 소년은 결국 울음을 터뜨리더니 원장실을 향해 도망쳤다.

그레인은 일부러 피가 보이는 쪽으로 돌멩이를 고쳐 잡더니 아이들을 향해 내밀었다.

"앞으로 날 건드리지 마. 말 걸지도 말고, 쳐다보지도 마.

만약 내 말을 거스른다면, 다음에는 이 정도로 끝나지 않을 테니까. 무슨 말인지 알아들었어?"

아무리 말귀를 못 알아듣는 어린애들이라 해도, 폭력이라는 수단 앞에선 이해가 빨라진다.

원장의 채찍 몇 대만 맞으면 무조건 잘못했다고 비는 것처럼.

"알아들었냐고!"

그레인의 고함에 아이들은 사방으로 흩어졌다.

뒤늦게 달려온 고아원 선생들은 울먹이는 아이들을 다독이느라 정신이 없었다. 몇몇 선생은 그레인을 꾸짖으려고 다가갔지만, 독기 서린 눈을 한 그레인에게 반대로 압도되어 물러서야만 했다.

"젠장, 이거 뽑아야 하나?"

그레인은 흔들거리는 어금니를 매만지며 인상을 찌푸렸다.

눈을 질끈 감고 뽑으려고 마음먹은 순간, 아무도 없어야 할 시야 한복판에 누군가가 서 있었다.

낡은 옷차림의 여자아이는 눈을 말똥말똥 뜨며 그레인을 응시했다.

"넌 뭐야? 저리 가."

"괜찮겠어?"

"아까 한 말 못 들었어? 말 걸지 말라고."

"응? 왜?"

10살 정도로 보이는 소녀는 고개를 갸웃거렸다.

그레인은 소녀를 노려봤지만, 소녀는 표정의 변화 없이 양손으로 꼭 껴안고 있던 토끼 인형의 귀를 만지작거릴 뿐이었다.

"…에라, 모르겠다. 말 걸든지 말든지 맘대로 해."

아까 그 꼬맹이들과 달리 적의를 가지고 다가오는 눈빛이 아닌지라, 그레인의 독기가 서서히 가라앉았다.

"안 무서워?"

"누가?"

"원장님."

"뭐, 그래봤자 채찍질 좀 당하고 헛간에 며칠 갇히겠지."

그레인은 건들거리던 어금니를 확 뽑아내더니 땅바닥에 휙 내던졌다. 입안에 집어넣었던 손이 피투성이가 되었지만 소녀는 그저 그레인을 멍하니 쳐다보고 있었다.

*   *   *

고아원의 원장 케빈은 애들은 원래 싸우면서 크는 거라며 작은 다툼에는 그러려니 하며 넘어가곤 했다.

단, 얼굴에 상처를 내는 일만큼은 엄하게 다루었다. 옷으로 가려지지 않는 흉터는 '상품'의 가치를 급격히 떨어뜨리기 때문이다. 그런 의미에서 감히 상품의 얼굴에 흉터를, 그것도 세 명에게나 남긴 그레인은 체벌을 피할 수 없었다.

"으… 확실히 아프네."

헛간에 갇힌 그레인은 화끈거리는 등 때문에 쉽게 잠들 수 없었다.

고아원의 원장 케빈은 그레인과 그레인에게 시비를 건 애들 모두에게 채찍질을 했다. 물론 '상품'의 얼굴에 더 큰 흠집을 남긴 그레인 쪽의 채찍질이 좀 더 매서웠지만.

상품에 손을 댄 이상 어느 정도의 처벌은 각오했고, 그 대가로 아이들이 앞으로 자신을 안 건드린다면 싸게 먹히는 일이라고 사전에 계산해 둔 터였다. 그 흉터도 어느 정도 용납할 수준으로 만든 것 역시 계산에 들어 있었던 거지만.

"그래도 이 정도면 그 애새끼들이 더 이상 나에게 관심 가지지 않겠지."

케빈은 여태껏 그래왔듯이 아이들이 보는 앞에서 체벌을 가했다. 그레인을 구타했던 애들 역시 채찍을 얻어맞았고, 눈물 콧물이 범벅된 얼굴로 다시 안 그러겠다며 울먹거렸다.

하지만 그레인은 비명 한 번 지르지 않았다. 오히려 이를 악물고서 자신을 바라보고 있는 아이들을 노려봤다. 자신을 건드려 봤자 손해 보는 건 너희들뿐이라는 암시를 보내면서.

"으… 쓰라려."

그래도 이런 일은 한 번으로 족하다.

더 이상의 쓸데없는 시간 낭비를 하면 안 된다. 언젠가 자신을 찾아올 '그들'의 눈에 들기 위해서는 삐삐 마른 지금의 몸이어서는 안 된다.

그렇게 자신을 몰아붙이며 그레인은 일어섰다. 어차피 따가운 등 때문에 누워서 잠들기는 무리고, 그렇다고 엎드려서 자기엔 땅바닥에 너무 찼다.

끼이익.

헛간 문이 살짝 열리더니 그 사이로 달빛이 들어왔다.

"누구야?"

그레인은 열린 문을 향해 걸어갔지만, 문틈으로 비쳤던 누군가의 그림자는 빠르게 왼쪽으로 사라졌다.

"이건……."

누군가가 문틈으로 밀어 넣은 것은 딱딱하게 굳은 빵 한 조각이었다. 그리고 문밖에 또 뭔가가 바닥에 떨어져 있었다.

"어, 너는……."

순간 그레인과 다시 돌아온 문밖의 누군가의 시선이 마주쳤다. 아까 그레인에게 말을 걸었던 여자아이였다.

"너, 이름이 뭐야?"

"에르닌."

자신의 이름을 밝힌 소녀는 인형을 집어 들더니 종종걸음으로 사라졌다.

"⋯⋯."

빵을 보자 점심 이후 아무것도 먹지 못한 그레인의 배 속에서 꼬르륵하는 소리가 흘러나왔다.

그레인은 회귀한 이후 아무런 대가 없이 무언가를 받아본 게 이번이 처음이라는 걸 깨달았다. 자연스레 피식하는 웃음이 터져 나왔고, 그레인은 빵에 묻은 흙을 툭툭 털어내고서 한입 크게 베어 물었다.

"아, 입 따가워⋯⋯."

기껏 아물었던 입안의 상처가 다시 터지면서 입술 사이로 피가 흘러내렸다.

하지만 그레인은 계속해서 빵을 씹어 먹었다. 다 먹고 난 뒤에는 빵 맛보다 피 맛이 더 강하게 느껴졌지만, 그레인은 개의치 않고 땅바닥에 엎드렸다.

"이제야 좀 졸리네. 자볼까."

문틈으로 들어오는 달빛을 보면서 그레인은 눈을 감았다.

*　　　　*　　　　*

그날의 난투극 이후, 아이들은 그레인을 아예 쳐다보지도 않았다.

이왕 이렇게 된 거 철저하게 무리에서 배제되겠다고 마음먹은 그레인은 고아원 뒤의 작은 공터에서 혼자만의 시간을 보냈다. 이전처럼 기본적인 육체 단련을 반복했고, 이왕이면 무기를 구해 휘두르고 싶다는 욕구로까지 이어졌다.

하지만 현실적으로 불가능한 일이라 나뭇가지를 꺾어 휘두르는 수준에 그쳤다.

그렇게 1년이라는 시간이 흘러가자 자진해서 완전한 격리를 택한 그레인에게 다가가는 아이는 에르닌 한 명밖에 없었다.

*　　　*　　　*

카르디어스 신성력 1393년 7월 25일.

태양 아래 달궈진 땅에서 열기가 솟아올랐다.

밖에 널어놓은 옷들은 물기가 다 마른 지 오래였고, 자유시간임에도 공터로 나와 노는 애들은 하나도 없었다.

반면 그레인은 고아원 뒤편 그늘진 곳에서 목검을 휘두르며 단련을 멈추지 않았다.

그늘 아래였지만 13살 소년답지 않게 격렬하게 움직이는 그레인의 전신은 이미 땀으로 흠뻑 젖어 있었다.

1년이라는 시간 동안 그레인의 육체는 예전과 많이 달라졌다. 맛은 둘째 치고, 다른 아이들보다 잘 먹게 되니 자연스레 성장이 빨라졌다. 운동까지 병행한 결과 동년배의 아이들보다 머리 하나는 더 커져서, 다른 아이들은 그에게 시비를 걸 엄두조차 내지 못했다.

나뭇가지에 만족하지 못한 그레인은 직접 목검을 만들기까지 했다. 진짜 철검과 비교하긴 무리였지만, 검을 휘두른다는 느낌 자체를 잊지 않기 위해서 계속 휘두르고 휘둘렀다.

그레인과 좀 떨어진 나무 아래 에르닌이 앉아 있었다. 양손으로는 토끼 인형을 매만지면서도 그레인에게서 눈을 떼지 않았다.

"휴우……."

목검을 내려놓은 그레인은 바로 옆에 있는 우물로 가 물을 한 바가지 퍼 올렸다.

촤악!

머리 위로 끼얹은 찬물에 달궈진 몸이 차갑게 식었고, 땀이 씻겨 나갔다. 하지만 마음 한구석에 자리 잡은 불안은 조금도 사라지지 않았다.

'이런 식으로 계속해 봤자 한계는 명확해.'

동년배에 비하면 확실히 강해졌지만, 회귀 전을 떠올리면 터무니없이 부족한 수준이었다.

누군가와 겨뤄보면서 실력을 키우려고 해도 이곳의 아이들은 애당초 상대가 안 되었다. 보다 못해 선생들과 겨뤄볼까 생각했지만 그것도 딱 한 번에 그쳤다.

어렸을 적 한주먹 했다는 남선생이 괜찮겠냐며 나섰지만, 전신에 타박상만 입고 그레인 앞에서 쓰러져 버렸다. 체계적으로 검술을 배운 적 없는 남선생은 어디까지나 일반인 수준이었고, 무엇보다 그의 독기 어린 눈빛을 감당해 내기엔 무리였다.

결국 아이들과 함께 선생들마저 그에게 접근할 엄두를 내지 못하게 되었다.

"초조해 보여."

"……"

그레인은 대답하지 않고 목검을 주워 들었다.

다시 목검을 휘두르려고 자세를 잡았지만 단지 그것뿐, 움직이지 않고 서 있기만 했다.

"왜 그렇게 조급해?"

"네 눈에도 그렇게 보이냐?"

"글자도 잘 쓰고, 아는 것도 많잖아? 싸움도 잘하고. 그런데 뭐가 불안해?"

"어차피 설명해 봤자 넌 몰라."

"그래?"

에르닌은 고개를 갸웃거리더니 알 수 없다는 표정을 지었다.

'하아, 어차피 지금은 이 정도가 한계인 걸 아는데… 왜 이러지?'

회귀 전 그레인의 강함은 하이브리드로서의 강함이었다.

그 이야기는 우선 하이브리드가 된 후에야 제대로 된 힘을 키울 수 있다는 것이기도 하다. 그가 알고 경험한 것들 역시 하이브리드가 되어야 적용할 수 있다.

"당신은 선택받은 존재입니다."

그레인은 이전 생에서 자신을 설득하던 교단의 누군가를 떠올렸다.

하이브리드가 지닌 가장 큰 장점은 육체적이나 정신적인 한계에 상관없이 새로 얻은 힘에 대한 타고난 적응력만을 따진다는 것이다. 그 적응력에 있어서 그레인은 일반적인 하이브리드들과 격을 달리했다.

그러한 강함 덕분에 결사대에 들어갈 수 있었고, 교단의 음모를 알아챘을 때 반기를 들 수 있었다.

그러나 지금 생에서 다시 그 힘을 얻기 위해선 '또다시' 하이브리드가 되어야 하고, 그러기 위해선 자신을 찾아올 자들을 기다려야만 한다.

그로 인해 생겨나는, 이전의 생보다 더 수동적인 삶을 살아가는 자기 자신에 대한 초조함.

그걸 떨쳐내기 위해 목검을 휘둘렀지만 다른 이들보다 반걸음 정도 내디뎠을 뿐이다.

일반적인 전사나 마법사로서 강해지는 길도 생각해 봤지만 무리라는 건 이전 생에서 이미 경험한 바였다.

"윽."

손바닥에서 느껴지는 통증에 그레인의 표정이 일그러졌다.

터진 물집에서 피가 흘러내린 탓에 더 이상 뭔가 하는 건 불가능했다. 한숨을 내쉬며 돌아가려던 그레인의 시야에 토끼 인형이 들어왔다.

"넌 매번 그 인형 들고 다니더라."

"이것밖에 없거든."

"뭐가?"

"엄마 아빠와 같이 있었을 때의 물건."

너덜너덜해져서 터진 실밥 사이로 솜이 삐져나왔고 때가 잔뜩 묻어 있었지만, 에르닌은 그것을 가슴에 품고 양팔로 안았다.

"그거, 줘봐."

그레인이 손을 내밀자 에르닌은 고개를 숙이며 움직이지

않았다.

멋쩍어진 그레인이 손을 거두기 직전, 에르닌은 토끼 인형을 조심스레 그레인에게 건네주었다.

그레인은 바로 옆 우물에서 물을 다시 펐고, 그 안에 인형을 집어넣고 빨기 시작했다. 금세 통 안의 물이 시커멓게 변했지만 묵은 때는 쉽게 빠지지 않았다.

결국 그레인은 고아원 선생에게 비누를 얻어 와 남은 때를 뺀 뒤 해가 잘 드는 돌 위에 올려놨다.

얼마 뒤 인형의 물기가 다 마르자 비누와 같이 가져왔던 바늘과 실로 터진 부분을 꿰매기 시작했다.

"이런, 피가 묻었네."

고아원 선생이 감아줬던 손바닥의 붕대에 배어난 피가 고스란히 인형에 묻어버렸다.

"다시 빨아서 돌려줄게."

"아니, 이대로 괜찮아."

에르닌은 토끼 인형을 얼굴에 대고 비볐다.

눈을 대신해 헐겁게 달려 있던 단추가 단단히 꿰매진 걸 확인하고서 미소 지었지만, 그레인은 보지 못했다. 하늘을 올려다보며 그동안 잊고 있던 '그녀'를 떠올렸기 때문이다.

'그러고 보니 아딜나는… 어떻게 지내고 있을까?'

이전 생에서 그녀가 하이브리드가 된 건 10살 때의 일이다.

지금이라면 11살일 테니, 예전과 같은 인생대로라면 이미 하이브리드가 되었을 것이다. 하지만 지금의 그로선 그녀의 인생을 뒤바꿀 힘이 없다.

아니, 어쩌면 그레인처럼 완전히 바뀐 인생을 살아가고 있을지도 모른다. 하이브리드가 되지 않았을 수도 있고, 부잣집에 입양되었을지도. 혹은… 벌써 죽었다든가.

결국 그레인이 할 수 있는 건 그녀가 이전 생보다 좋은 삶을 누리고 있기만을 바라는 것뿐이었다.

'지금 뭔가 할 수 없다면 고민해 봤자 아무런 소용없어. 참고 기다리자. 동료들의 이야기가 맞다면 그리 오래 기다릴 필요는 없을 거야.'

그레인은 걸어가면서 헐거워진 붕대를 풀더니 다시 단단하게 고쳐 감았다.

에르닌은 그의 뒤를 따라 고아원 안으로 들어갔다. 여전히 얼굴에 미소를 머금고서.

*   *   *

그 뒤에도 그레인의 일상에서 크게 변한 점은 없었다.

여전히 고아원에서 모두의 시선 밖으로 벗어나 홀로 행동했고, 육체를 단련하면서 주로 혼자만의 시간을 보냈다. 이전보다 에르닌과 더 이야기를 나누게 되었다는 점을 제외하고는 변한 게 없었다.

여러 부분에서 보통 아이답지 않은 그레인을 보고 많은 이가 입양을 제의해 왔지만, 그레인은 모두 거절했다. 보다 못한 케빈이 도대체 무슨 생각이냐고 물어봤지만, 그레인은 아직 때가 아니라는 애매모호한 대답만을 반복했다.

그레인은 시간이 흐를수록 커져만 가는 초조함을 억누르면서 이전 생보다 더 빨리 자신을 하이브리드로 만들어줄 이들이 오기만을 기다렸다.

그리고 그날은 이전 생보다 더 빨리 찾아왔다.

*   *   *

카르디어스 신성력 1394년 11월 30일.

"그레인, 너 정말로 그 인간들을 따라갈 작정이냐?"

"네."

그레인은 원장 케빈의 물음에 똑같은 대답을 반복했다.

케빈은 꼬챙이로 벽난로 안의 장작을 뒤적거렸다. 그리고 굽고 있던 감자를 하나 꺼내 그레인에게 건네줬다.

그레인은 김이 모락모락 피어오르는 감자를 후후 불어가며 한 입씩 베어 물었다.

"정녕 갈 생각이냐? 지금이라도 생각을 바꾼다고 뭐라 하진 않겠다."

"2년이나 신세 졌으니 이제 떠날 때가 되었죠."

"그래, 벌써 그렇게 되었구나. 여길 운영하다 보면 시간이란 너무 빨리 흘러간다는 걸 새삼 깨닫게 된다니까."

처음 이곳에 왔던 날, 과자를 입안 가득 쑤셔 넣었던 깡말랐던 꼬맹이는 더 이상 이 자리에 없었다.

한 달 뒤면 15살이 되는 그레인은 2년 사이 케빈과 키가 엇비슷해졌다.

"그래도 이번에는 꽤 많이 받았다면서요?"

"이 녀석아, 돈의 문제가 아니다. 내가 잘하는 건지, 아닌지 모르겠구먼. 에휴……."

아이를 필요로 하는 곳으로 고아를 입양시키는 '장사'를 하고 있지만, 케빈도 사람인지라 이곳에서 자라난 고아들이 가급적이면 더 좋은 곳으로 가길 바랐다.

그런데 이번 단체 입양 건은 왠지 모르게 안 좋은 예감이 들었다. 하지만 직감만으로 이렇게 큰 건수를 거절할 수 없었고, 요 근래 고아원의 재정 상황이 악화된 터라 받아들일 수밖에 없었다.

"이제까지 많은 아이를 바깥세상으로 보냈지만, 너만은 어떤 인생을 살게 될지 짐작조차 안 가는구나."

케빈은 그레인이 수련용으로 쓰던 목검을 넌지시 바라봤다.

손잡이에 깊게 배어든 핏자국이 그동안 그레인이 얼마나 홀로 노력했는지를 단적으로 보여주었다. 정작 그레인 본인은 매번 초조해했고, 지금도 그 초조함의 이유를 케빈은 알 수 없었다.

"넌, 애들 같지 않아서 반대로 걱정이란다. 알아서 잘할 거라는 생각이 들지만, 그래도 안심이 안 돼. 말로 설명이 안 되는 주제에 쓸데없이 감만 예민해지는 걸 보니 나도 늙긴 늙었나 보다."

"칭찬으로 받아들이겠습니다. 뭐, 명색이 교단에서 온 사람들인데 잘 대해주지 않겠습니까?"

"가장 안심되는 대상이 가장 위험한 법이다. 명심해라."

케빈은 여송연을 입에 문 채 고개를 옆으로 돌렸다.

창밖에선 드디어 고아원을 떠나게 된다며 기뻐하는 아이들과 친구들과 헤어지게 되어 슬퍼하는 아이들이 서로 뒤섞여 시끌벅적했다.

케빈은 매번 애들을 보낼 때마다 느끼는 서운함을 이번에도 여지없이 느끼며 여송연을 길게 빨아들였다.

"그레인."

"네."

"잘살아야 한다."

*　　　　*　　　　*

그레인이 원장실을 나와 건물 밖으로 나오자, 왁자지껄하던 분위기가 순식간에 얼어붙었다.

아이들은 마지막 순간까지도 그레인을 외면했고, 그레인 역시 그러했다.

'확실히 그동안 몸을 키워두길 잘했어.'

교단에서 파견 나왔다는 사제들이 이 고아원에서 고른 아이들은 10명.

한눈에도 건강해 보이지 않는 아이들은 우선적으로 제외되었고, 일반적인 입양과 달리 외모를 따지지 않았다는 것 역시 알 수 있었다.

'어? 그런데 저 애는 왜 여기 끼어 있어?'

그레인은 돌연 에르닌의 손을 잡아끌더니 고아원 뒤뜰로 갔다.

영문을 모르는 에르닌은 품에 안고 있는 인형을 매만지며 고개를 갸웃거렸다.

"에르닌, 너 설마 저 사람들 따라가기로 한 거야?"

"응."

"너는 가지 않는 게 좋아."

"그러면 같이 안 가면 안 돼?"

"그건……."

그레인은 말끝을 흐리며 에르닌을 정면으로 바라봤다.

아무래도 그레인이 간다고 하기에 같이 따라가려는 눈치였다.

"안 돼. 나는… 애초에 이곳에 온 목적이 이거였으니까."

카르디어스 교단은 하이브리드를 육성하기 위해 고아원에서 어린아이들을 대거 데리고 갔었다.

회귀 전과 달라진 시간을 살아가는 그레인에게 있어서 이번 일은 기회였지만, 에르닌에겐 오히려 최악의 선택일 거란 느낌이 들었다.

"넌 때깔 좀 벗기면 예쁘장할 얼굴이니, 이대로 계속 지내다가 부잣집 양녀로 들어갈 기회를 노려. 내가 원장님께 말해둘 테니 넌 여기에 있도록 해."

"왜 나에게 잘해줬어?"

"응? 무슨 소리야?"

"알고 싶어."

그 누구도 자신의 영역 안에 들어오는 걸 거부하던 그레인.

하지만 유일하게 그 영역에 드나들 수 있었던 건 이 작은 소녀, 에르닌뿐이었다.

그레인은 아직 12살임에도 이목구비가 뚜렷한 에르닌의 얼굴을 내려다보며 가볍게 웃었다. 원래 차이가 났던 에르닌과의 키 차이는 1년 사이 더욱 벌어졌다.

"그때 줬던 빵."

"아……."

"그땐 고맙다는 말을 하지 못했지. 그거에 대한 보답이야."

그레인은 에르닌의 양어깨에 손을 얹었다.

"그리고 만약에 말이지, 혹시나 해서 말해두는 건데……."

머리에 차가운 무언가가 내려앉자, 그레인은 하던 말을 멈추고 하늘을 바라봤다.

올해 처음으로 내리기 시작한 눈이 그레인의 손등에 하나씩 쌓였다.

"혹시라도 널 선택받은 인간이라고 말하는 사람이 나타난다면, 그 꼬드김에 절대 넘어가서는 안 돼."

"……."

"절대로."

예전 생에서 에르닌이 하이브리드가 되었는지, 아닌지 그레인은 알지 못했다. 하지만 혹시라도 그녀가 자신과 같은 길을 걸어가는 모습 따위 보고 싶지 않았다.

하이브리드가 되는 길은 이전 생이든, 이번 생이든 피로 점철될 게 뻔했기에.

"응, 알았어. 대신 꼭 다시 만나겠다고 약속해 줘."

그레인은 대답 대신 에르닌의 머리를 또다시 쓰다듬어 줄 뿐이었다.

그녀의 얼굴에 사뿐히 가라앉은 눈이 녹아 아래로 흘러내렸다.

"반드시… 그레인 오빠."

에르닌은 고개를 숙였다.

하지만 더 이상 얼굴에 눈이 닿지 않았음에도 물방울은 멈추지 않고 에르닌의 두 뺨을 따라 흘러내렸다.

제3장
선택받아야 하는 자들

카르디어스 신성력 1394년 12월 5일.

덜컹.

바퀴가 돌부리에 걸려 마차가 흔들거렸다.

마차 구석에 앉아 있는 그레인은 같은 풍경만 질리게 반복되는 창밖을 응시했다.

'도대체 언제 도착하는 거지?'

고아원을 떠난 지 5일이 지났지만 식사와 자는 시간 빼곤 계속 이동만 하는 생활이 반복되다 보니 지겨울 수밖에 없었다.

반면 다른 아이들은 서로 이야기를 주고받으며 기쁜 기색을 감추지 못했다. 교단을 통해 좋은 집안으로 입양될 거라는 말을 그대로 믿고, 앞으로의 삶은 행복만이 가득할 거란 기대감에 잔뜩 부풀어 있었다.

고아원을 떠났지만 그레인을 대하는 다른 아이들의 태도는 여전했다. 이젠 그레인을 아예 없는 사람 취급 하며 거리낌 없이 즐거운 시간을 보내는 중이었다.

'잠이나 잘까……'

그레인은 마차 구석에 기대고 눈을 감았다. 주변이 시끄럽긴 했지만, 조용히 하라고 말하는 것조차 귀찮았다. 두르고 있던 목도리를 풀어 얼굴 위에 대충 덮으니 시야가 완전히 어둠에 가려졌고, 주변의 시끄러운 잡담도 서서히 잦아들었다.

끼이익.

그레인이 잠에 빠져들기 직전, 마찰음과 함께 마차가 멈췄다. 그리고 문이 열리더니 마부가 손짓으로 내리라고 지시했다.

"…출군."

찬바람이 낡은 옷을 비집고 피부에 닿았다.

그레인은 풀었던 목도리를 목에 둘둘 감은 뒤 주변을 둘러봤다. 마차가 멈춘 곳은 깊숙한 숲 한가운데였고, 어제 내린 눈이 나뭇가지와 잎 위에 쌓여 있었다. 숨을 내쉴 때마다 입에서 하얀 입김이 뿜어져 나왔다.

그레인은 고개를 들고 거대한 건물을 올려다봤다.

그가 기억하던 연구소와는 미묘하게 다른 모양이었지만, 카르디어스 교단을 상징하는 문양이나 장식이 하나도 없다는 점만은 그때와 똑같았다.

그레인이 뒤돌아보자, 다른 마차들이 연달아 도착하더니 그 안에서 하나둘 소년 소녀가 내렸다.

순식간에 100여 명에 달하는 인원이 모였음에도 마차 안에 있을 때보다 훨씬 조용했다. 대부분 그레인의 나이 또래인 그들은 같은 마차를 타고 온 무리로 갈려 뭉쳐 있었다.

'혹시 여기에 예전 동료들도 있을까?'

그레인은 이들 중 예전 생의 동료들이 있지 않을까 살펴봤지만, 낯익은 얼굴은 보이지 않았다.

아니, 판별 자체가 불가능했다.

'지금이라면 회귀한 연도로부터 22년 전이니, 그때 얼굴과 지금 얼굴이 같을 리 없어.'

인간은 보고 들은 것 모두를 기억할 수 없다. 그리고 기억한 것조차 원할 때 맘대로 끄집어낼 수 없고, 심지어는 다른 기억과 뒤섞여 사실과 다른 '거짓'을 만들어낼 수도 있다.

게다가 지금은 그 기억조차 제대로 활용할 수 없는 상황인지라 실망할 수밖에 없었다.

물론 어릴 때부터 봐왔던 아딜나만은 구별할 수 있을지도 모른다는 생각에 다시 한번 소녀들을 뚫어져라 살펴봤지만, 이 자리에는 없다는 걸 확인하고 길게 한숨을 내쉬었다.

'흠, 저 녀석은 또 뭐지?'

그레인 말고 또 한 명의 소년이 다른 이들의 얼굴을 찬찬히 살피고 있었다.

소년과 그레인과 시선이 마주쳤지만, 소년은 이내 시선을 다른 방향으로 돌렸다. 계속 다른 이들을 관찰하면서 손가락으로 무언가 세고 있는 모습이 특이했다.

끼이익.

건물의 문이 열리면서 후드로 얼굴을 가린 남자들이 걸어 나왔다.

그들은 소년 소녀들에게 손짓으로 따라오라고 명령했다. 그렇게 소년 소녀들은 건물 안으로 들어갔고, 그사이 그들을 태우고 왔던 마차들은 되돌아갔다.

*   *   *

넓은 거실 안에 도착한 소년 소녀들은 안을 가득 메운 음식 냄새에 넋을 잃었다.

기다란 탁자 위에는 이전에 본 적도 없는 고급 요리들이 접시에 가득 담겨 있었다. 하지만 여기저기서 침을 삼키는 소리가 들려올 뿐, 나서서 먹는 사람은 없었다.

"겁도 많기는……."

그레인은 의자에 앉더니 바로 앞에 있는 닭다리를 집어 들고 한입 크게 베어 물었다. 그러자 눈치만 보고 있던 이들이 하나둘 그를 따라 먹기 시작했다.

"마, 맛있어!"

"이런 건 처음 먹어봐!"

낯선 곳에 왔다는 긴장감에 잔뜩 굳어 있던 소년 소녀들은 맛본 적 없는 귀한 음식에 완전 빠져들었다. 너 나 할 것 없이 음식을 허겁지겁 해치우기 시작했고, 30분도 되지 않는 시간에 어느새 빈 접시만이 식탁 위에 남았다.

"식사는 다들 마치셨습니까?"

바로 그때, 중후한 인상의 남자가 사람 좋아 보이는 미소를 지으며 거실 안으로 들어왔다.

고급 음식으로 꽉 찬 배를 어루만지며 행복해하던 소년 소녀들은 반사적으로 등을 곤두세웠다. 이전까지 살던 고아원에서 그랬던 것처럼.

"우선 먼 길을 오느라 다들 피곤할 터이니 긴말은 하지 않겠습니다."

40대 중후반으로 보이는 남자는 뒷짐을 진 자세로 이곳에 온 고아들을 넌지시 둘러봤다.

미소 너머 '사람을 감정하는 눈빛'을 감지한 그레인의 눈썹 사이가 살짝 일그러졌다.

"여러분들은 선택받은 분들입니다. 아니, 정정하도록 하죠. 선택받았을지도 모르는 분들입니다."

사내는 방금 전 했던 말을 즉시 정정하며 길게 자란 턱수염을 매만졌다.

"일주일 뒤, 여러분들이 선택받았는지 아닌지를 판단하도록 할 테니 그때까지는 편히 지내십시오."

밖으로 나간 사내가 문을 닫자 침묵이 거실 안을 지배했다.

일주일이라는 기간, 그리고 선택이라는 애매모호한 기준이 제시되자 고아들은 혼란에 빠졌다. 그들이 꿈꿔왔던, 그저 단순히 카르디어스 교단을 매개체로 이뤄지는 입양과는 거리가 멀었다.

고아들끼리 서로 이야기를 나눠봤지만 마땅한 결론은 나오지 않았고, 어수선한 분위기 속에서 그들은 자신이 무얼 먹었는지도 망각하고 불안에 떨었다.

* * *

식사 후, 고아들은 10명 단위로 나뉘어 넓은 방에 배치되었다. 방 왼편에는 2층 침대가 인원수에 맞춰 놓여 있었고, 방 한

가운데 위치한 탁자 위에는 사탕과 과자, 그리고 과일들이 풍족하게 쌓여 있었다.

하지만 대부분의 아이는 긴장 뒤 찾아온 졸림을 이기지 못하고 쓰러지듯 침대에 누워 있었고, 깨어 있는 몇몇은 일주일 뒤에 닥칠 선택이 무엇인지 두려워하며 친한 애들끼리 이야기 중이었다.

반면 이런 식의 선택을 두 번째 맞이한 그레인은 그 어느 때보다 차분했다.

그는 탁자 위의 사과 한 개와 그 탁자 아래에 있는 책을 양손에 하나씩 집어 들고 방 모서리에 홀로 앉았다.

'일주일이라. 그냥 내일 당장 하면 안 되나?'

그레인에게 일주일이란 시간은 그저 지루할 따름이었다. 그나마 책이 있으니 시간 보내기엔 별문제 없었지만.

'그래도 이런 것 따위를 읽어야 하다니…….'

글자 대신 화려한 색깔의 그림이 대부분을 차지하는 그림책은 첫 페이지부터 유치할 뿐이었다. 다른 책을 가져올까 생각해 봤지만 이내 포기하고 페이지를 넘겼다.

그렇게 책의 절반을 읽었을 즈음 그레인 옆에 누군가가 턱하니 자리를 잡았다. 그레인과 다른 고아원에서 온, 유독 다른 아이들을 살펴보던 소년이었다.

"결사대."

"……!"

순간 페이지를 넘기던 그레인의 손이 멈췄다.

반사적으로 말을 건 소년 쪽으로 얼굴을 돌릴 뻔했지만, 아무 일도 없었다는 듯 페이지를 넘겼다.

"1416년."

왼손에 쥐고 있던 사과가 아래로 떨어져 데구루루 굴러갔다.

"너, 설마……."

"쉿! 잠시만."

소년은 길게 세운 오른손 검지를 입술에 붙이더니 주위를 두리번거렸다. 둘의 이야기를 엿듣는 사람이 없음을 재차 확인한 소년은 사과를 주워 그레인에게 건넸다.

"99호, 맞지?"

소년의 속삭임에 사과를 쥔 그레인의 왼손이 경련하기 시작했다.

"내 이름은 크루겐이야."

"크루겐?"

"좀 더 목소리를 낮춰. 내가 12호라고."

"아……."

가슴에 치명상을 입고도 시간 회귀술이 완성되기 전까지 숨을 거두지 않고 버텨낸 집념이 그레인의 뇌리에 선명하게 각인되어 있었다.

"역시 번호로 말해주니 쉽게 이해하네."

"날 어떻게 알아봤지?"

그레인은 바로 옆에 있는 크루겐의 얼굴을 뚫어져라 살펴봤지만, 자신과 비슷한 나이 대의 소년에게서 '30대'였던 크루겐을 떠올릴 수 없었다. 그래서 지금의 자신을 알아보는 크루겐의 말을 믿기 힘들었다.

"그야 당시의 넌 결사대 내에서도 꽤 유명했다고. 그리고 무엇보다……"

오도독.

크루겐은 왼손에 쥐고 있던 과자를 한입 깨물었다.

"그 눈빛만큼은 변하지 않았거든. 오래간만이다, 그레인."

오른손을 내밀어 악수를 권했다.

그레인은 악수에 응하지 않고 크루겐을 말없이 바라만 봤다.

결사대의 12번째 대원, 크루겐 발티어스.

100인의 결사대 중 한 명이지만, 그렇게 친한 사이는 아니었다. 정확히 따지면 그레인은 아딜나 외의 다른 결사대원과 잘 어울리지 못했다.

그러했기에 그레인에겐 크루겐이라는 이름보다는 12호라는 별칭이 더 익숙했다.

"정말 내가 99호라고 확신하는 건가?"

눈빛만으로 자신을 알아볼 수 있다는 크루겐의 말을 그레인은 쉽게 받아들일 수 없었다.

"그야 나는 회귀할 때를 대비해 모두의 얼굴을 이 두 눈으로 확실히 익혀뒀거든. 나같이 약한 놈은 이렇게라도 옛 동료들을 기억해야 회귀 후 살아남지 않겠어?"

스스로를 약했다고 인정한 크루겐은 쓴웃음을 지으며 벽에 등을 기댔다.

"모두의 이름과 성은 당연히 기억해 놨고… 피부색이나 머리색, 눈동자의 색도 사람을 구별하기에 충분한 요소지. 어느 지역의 억양으로 말하는지, 어떤 성격을 지녔는지까지 머리에 담아뒀지. 뭐, 그럼에도 네가 99호가 아니라면 어쩔 수 없는 거고."

크루겐은 어깨를 으쓱거리며 될 대로 되라는 식으로 대답하더니 회귀한 이후 지금까지 있었던 일을 먼저 늘어놨다.

그레인은 크루겐의 말에 맞춰 자신이 겪은 일을 이야기했고, 자연스레 둘의 대화는 길게 이어졌다.

"흐음, 그랬군. 회귀한 지 2년째라 이거지? 지금 내가 16살이니, 나는 4년째네."

"나보다 2살 연상이었나?"

"그랬지. 지금도 그렇고. 그런데 지금은 네가 더 연상 같은데? 도대체 뭘 먹었길래 나보다 키가 더 커?"

"원래 난 너보다 키가 컸을 텐데? 잠깐……."

이야기를 나누다 보니 크루겐의 인상이 그레인의 기억 속에서 어렴풋이 되살아났다.

그와 동시에 이전에는 몰랐던 이질감이 느껴졌다.

"12호."

"웬만하면 이름으로 불러줘."

"크루겐, 너 원래 이런 성격이었던가?"

"응? 뭐가?"

"남에게 쉽게 말을 거는 타입은 절대 아니라고 기억하고 있었는데, 내가 틀렸나?"

그레인의 기억 속의 12호, 크루겐은 말수가 적고 소극적인 이미지였다. 지금처럼 넉살 좋게 먼저 말을 걸어오는 타입은 결코 아니었다.

"그건 아니고, 내가 변한 거야. 회귀하고 나니 38살에서 졸지에 12살이 되어버렸잖아. 그런 상황에서 동년배와 어울리다 보니 이렇게 되더라. 진짜로 젊어진 기분이 들어서 나름 재미있었지."

하지만 그레인은 전혀 공감하는 표정이 아니었다.

"설마 회귀한 이후 새로운 친구 한 명도 안 사귄 건 아니겠지?"

"……."

"설마가 사실이었네. 어쩐지 말투도 나이답지 않다고 느꼈더니만."

크루겐은 먹다 남긴 과자를 손가락 끝으로 빙빙 돌리며 피식 웃었다.

"대장이 그랬잖아? 사람은 쉽게 변하지 않는다고. 하지만 우리는 쉽게 변할 수 있을 정도의 경험을 했어. 바로 20년이 넘는 과거로 돌아가는 경험 말이지. 그래서 난 변했어."

크루겐과 그레인은 반 토막 난 과자와 한입 베어 물은 사과를 서로 교환했다.

"아무튼 잘해보자. 지난 4년간 옛 동료들을 만나지 못해서 나름 초조했거든. 이젠 속이 좀 풀리는 기분이야."

"나야말로."

그레인은 남은 과자를 입에 집어넣었고, 크루겐은 사과를 한입 크게 베어 물었다.

*　　　　*　　　　*

카르디어스 신성력 1394년 12월 11일.

정체불명의 사내가 말한 일주일을 향해 하루하루가 지나갈수록 아이들의 태도는 양극화되었다.

매 끼니때마다 배급되는 질 좋은 식사와 풍성한 간식거리에 만족한 나머지 마냥 행복해하거나, 반대로 앞으로 어떤 일이 닥칠지 모른다는 불안감으로 하루하루 메말라 갔다.

그레인은 그 둘 중 어디에도 속하지 않은 채 크루겐과 대부분의 시간을 보냈다.

회귀한 이후 단 한 번도 느끼지 못했던 동질감이란 감정을 크루겐과 이야기를 하며 즐겼다.

그러나 하루에 한 번 있는 '면담'은 그레인에게 지루함 그 이상도 이하도 아니었다. 어차피 이곳에 데리고 온 아이들 모두 실험체로 만들 목적이 빤히 보이는 그의 눈에는, 하이브리드가 되는 것과 영 상관없는 것만 시시콜콜 캐묻는 교단 측의 행동이 무의미했기 때문이다.

'그래도 그 지겨운 면담도 오늘로 마지막이야.'

그레인은 하품을 하며 상담실의 문을 가볍게 노크했다.

"들어와라."

문을 열고 들어온 그레인은 하품 때문에 눈가에 살짝 고인 눈물을 손가락으로 훑어냈다.

상담실 안 의자에 홀로 앉아 있는 사내는 그레인의 얼굴과 서류 맨 앞에 있는 초상화를 비교하더니 고개를 끄덕거렸다.

"네가 그 소문의 아이인가?"

"소문 말입니까?"

"우리들 사이에서 꽤 특이한 아이가 들어왔다는 이야기가 돌고 있거든."

30대 중반의 날카로운 인상을 지닌 사내는 안경을 살짝 들어 올리며 이전까지 그레인을 면담했던 이들의 보고서를 찬찬히 살펴봤다.

"지금 몇 살이지?"

"곧 15살이 됩니다."

"듣던 대로군. 일부러 그런 분위기를 연출하는지 모르겠지만, 전혀 그 나이로 보이지 않아. 아, 내 이름은 쉐일이다. 나중에 또 만날지 모르니까 우선은 기억해 두도록."

쉐일의 동료들이 말한 대로 그레인은 이번에 들어온 애들 중 유달랐다. 특히 그레인의 눈을 바라보고 있자니, 한 번 본 이상 쉽게 잊을 수 없는 인상을 받았다.

쉐일은 그레인이 고개를 갸우뚱거리는 걸 놓치지 않았다.

"뭐가 이상한가?"

"이름을 밝힌 적은 처음이어서 말입니다."

"아, 그거 말이야? 그야 선택받았는지 아닌지 아직 모르는 상대에게 굳이 이름을 알려줄 필요가 없어서였지. 밝히면 안 되는 규칙 따위가 있는 건 아니다."

그레인은 다시 한번 고개를 갸우뚱거렸다.

'쉐일? 어디선가 들어본 이름 같은데……. 젠장, 기억나지 않아.'

전혀 기억에 없는 이름이라면 아무렇지 않게 넘어갔겠지만,

애매하게 기억날 듯 말 듯 뇌리에 떠올랐다 사라지는 이미지가 그레인의 짜증을 유발시켰다.

크루겐이 옆에 있다면 저 남자가 누구인지 물어보기라도 하겠지만, 그럴 수 없는 상황이라 답답하기만 했다.

"그러면 몇 가지 물어보겠네. 우선은……."

쉐일은 서류를 넘기며 앞서 체크해 뒀던 질문을 건넸다.

대부분 이전에 받았던 질문과 동일했기에 그레인은 대충 대답하며 짜증을 서서히 가라앉혔다. 지금 당장 해결할 수 없는 일에 매달리는 자신이 우습게 여겨졌기 때문이다.

"흐음, 역시 독특하군. 남달라."

쉐일은 앞서 그레인을 상담했던 이들의 평가를 살펴보며 살며시 미소 지었다.

애늙은이를 상대하는 기분임에도 억지로 어른스러워 보이려는 태도와는 미묘하게 다르다는 동료들의 평이 틀리지 않았음을 재차 확인했다.

"고아라고 적혀 있는데, 원래는 좀 살았나 보지?"

"그래봤자 아무 의미 없습니다. 지금이 중요한 거죠."

"그래? 맞는 말이긴 하지."

그레인 입장에선 당연하게 나오는 대답을, 쉐일은 그레인 특유의 자신감으로 해석하며 고개를 끄덕거렸다.

"만약 너에게 인간을 초월할 힘이 주어지게 된다면, 어떻게 하고 싶나?"

"그건 얻고 나서 생각하겠습니다."

"대답이 빠른데? 다른 질문을 할 때도 느낀 점인데, 마치 이런 질문을 예상한 것 같은 반응이야."

"그야 이전에도 똑같은 질문을 계속 받았으니까요."

"아, 그랬겠군. 하하하……."

쉐일은 너털웃음을 터뜨리더니, 이내 웃음을 거두고 탁자에 놓인 유리잔 안의 물을 한 모금 들이켰다.

"그러면 질문을 좀 바꿔보도록 하지. 그 인간을 초월하는 힘을 얻는 대신, 그 어떤 고난이나 고통도 참을 수 있겠나?"

'고통이라.'

그레인은 두 눈을 감더니, 이전 생에서 하이브리드가 되었던 때를 머릿속에 떠올렸다.

마법진 위에 놓인 자신의 오른팔과 고대 유적에서 발굴한 화룡의 어금니가 일체화되는 순간, 그의 시야는 서서히 불길로 뒤덮였다. 전신이 불타오르는 고통 속에서 죽음이라는 단어가 뇌리를 떠나지 않았지만, 이를 악물고 버텨냈다.

온몸의 피가 끓어오르는 듯한 그때의 느낌은 하이브리드가 된 이후 18년이 지나고, 그리고 과거로 돌아온 지 2년이 지난 지금까지도 잊을 수 없었다.

"고통의 강도에 비례해 그만한 힘을 얻을 수 있다면, 버티겠습니다."

절대 살아날 수 없을 것 같았던 고통에서 벗어난 이후, 팔꿈치 위로 툭 튀어나온 화룡의 어금니 끝부분은 더 이상 보통의 인간이 아니라는 증거였다. 지금은 남아 있지 않지만.

"그래, 정말로?"

'이미 한 차례 겪었던 일입니다'라는 대답이 그의 입안에서 머물다가 침묵으로 바뀌었다.

"카르디어스 교단에 대해서 어떻게 생각하나?"

순간 그레인의 표정이 일그러지며 마음속의 생각을 그대로 표현했다.

'아차.'

그레인은 급하게 고개를 숙였다가 천천히 다시 들어 올렸다. 표정은 원래대로 돌아갔지만, 쉐일의 눈은 그의 행동 하나하나를 놓치지 않고 꼼꼼히 살피는 중이었다.

"그리 좋은 이미지는 아니겠군."

"예전 힘들었을 때 도움을 청했는데… 별로 도움이 못 되어서요."

"그렇게 단순한 이유는 아닌 것으로 보이는데. 내가 틀렸나?"

쉐일은 질문을 이어가며 그레인의 반응을 계속 유도했다. 그러나 한 번 했던 실수를 반복하지 않기 위해 그레인은 가슴에 품고 있던 교단에 대한 반감을 꾹꾹 억눌렀다.

"그러면 질문은 이 정도로 마치겠다. 아무튼 내일 있을 고난을 잘 극복할 수 있으면 좋겠군."

면담을 마친 쉐일은 다음 면담할 아이의 서류를 집어 들었다.

"아무쪼록 그대가 선택받은 자이길 바라네."

＊　　　＊　　　＊

카르디어스 신성력 1394년 12월 12일.

"쉐일? 그런 이름은… 으음… 들은 것 같기도 하고, 아닌 것 같기도 하고. 잘 모르겠어."

"네가 모른다면 어쩔 수 없겠군."

뒤늦게 쉐일의 이름을 떠올린 그레인은 아쉬운 표정을 지으며 복도를 걸어갔다.

"그런데 역시 오늘 맞겠지?"

함축적인 의미가 담긴 크루겐의 물음에 그레인은 고개를 끄덕거렸다. 그 둘만이 아닌, 각자 다른 방에 머무르고 있는 고아들도 모두 줄지어 대강당을 향해 걸어가는 중이었다.

선택받았는지 아닌지를 결정하는 그날이 닥치자 아이들은 첫날 들었던 '고난'이 어떠한 것인지에 대해 두려워하기 시작했다. 아예 될 대로 되라는 식으로 자신만만하게 나서는 경우도 있었지만, 머리와 달리 같은 쪽 팔과 발이 같이 나가는 걸 막지 못했다.

"으으, 아무렇지 않을 것 같았는데 막상 눈앞에 닥치니 긴장되네."

크루겐은 어떤 일이 닥칠지 알기에, 오히려 더 초조해했다.

"게다가 너무 많이 먹어서 그런지 속이 메스꺼워. 앞으론 이렇게 맛난 음식은 안 나올 거라고 생각해서… 무리해 버렸어."

평소보다 훨씬 호화롭게 나온 아침을 한계치까지 먹은 크루겐은 불룩 나온 배를 어루만지며 인상을 썼다.

"어차피 오늘 먹은 거 다 게워내야 할지도 모르는데. 잊어버린 건 아니겠지?"

"아차……."

당황하는 크루겐의 모습에 그레인은 반대로 긴장이 풀려 가벼운 미소를 지었다.

그렇게 계속 걸어가던 아이들의 행렬이 갑자기 멈췄다.

"도착했나 보군."

이곳에 처음 왔을 때 아이들이 모였던 대강당이었지만, 이전과 달리 100여 개의 석판이 오와 열을 맞춰 촘촘히 뉘어져 있었다. 그리고 그 석판 사이에 아이들을 면담했던 사내들이 서 있었다.

로브를 걸치고 후드를 쓴 사내들이 뭔가 심상치 않은 분위기를 풍기자 아이들은 대강당 안으로 들어가지 않고 복도에 모여 서성거렸다.

"그러면 살아서 다시 보자."

그레인이 크루겐의 왼쪽 어깨를 도닥여 준 후 앞장서서 대강당 안으로 들어가더니 아무렇지 않게 석판 위에 눕자, 눈치를 보던 아이들은 그를 따라 누웠다.

사내들은 아이들에게 검은 천을 건네주며 눈을 가리라고 지시했다.

그레인의 시야가 어둠에 갇히자, 자연스레 주변의 소리가 귀로 흘러들어 왔다.

"여기서 뭘 하려는 거죠? 알려주세요."

아이들 중 한 명이 울먹이는 표정으로 물어봤지만, 사내들은 대답하지 않고 눈을 가리라고 명령할 뿐이었다.

"고, 고아원으로 다시 돌아가고 싶어요!"

"시, 싫어! 으… 으으… 으아앙!"

여기저기서 울음이 터지면서 겁에 질린 아이들이 칭얼거리기 시작했다.

하지만 사내들에게 아이들을 진정시킬 생각 따위는 처음부터 없었다. 이들은 억지로 석판 위에 아이들을 눕게 한 뒤, 주문을 읊기 시작했다.

"뭐, 뭐지? 몸이… 안 움직여!"

"살려주세요! 제발요!"

두 팔과 다리가 석판 위에 고정된 듯 달라붙어 버리자 아이들의 혼란은 극에 달했다.

발버둥치고 싶어도 꼼짝 못 하게 된 상황을 받아들이지 못하고 아우성치며 울음을 터뜨렸다.

'시끄럽군. 이해가 안 가는 건 아니지만, 이럴 바엔 귀도 막아버릴 것이지.'

어둠 속에서 아이들의 아우성만 들려오자 그레인의 표정이 일그러졌다.

비명과 울음만이 들리는 대강당 안에서 사내들은 무언가를 꺼내 아이들이 누워 있는 석판 위에 하나씩 놓았다. 그리고 주문서를 꺼내 펼치더니 주문을 읊기 시작했다.

"윽."

그레인은 자신의 왼팔에서 이질적인 감각이 느껴지자, 신음을 내며 아랫입술을 살짝 깨물었다. 마법진에서 뿜어져 나온 빛이 어둠으로 점철된 시야 왼쪽에 자리 잡았다가 이내 사라졌다.

'드디어 시작되는군. 그런데… 잠깐, 오른팔이 아니라 왼팔? 게다가 뜨겁지가 않아. 반대로… 추워!'

그가 예상했던 뜨거움이 아닌, 뼛속까지 얼어붙을 정도의 차가움이 전신을 휘감았다.

"으… 으윽."

이미 한 번 겪었던 고통이니 이전보다 쉽게 버틸 수 있을 것이라는 생각은 완전히 오산이었다.

"아아악!"

결국 그레인은 고통을 이기지 못하고 비명을 터뜨렸다.

그뿐만 아니라 다른 석판에 있는 아이들 역시 고통에 찬 비명을 내질렀지만, 그레인의 귀에는 오직 자신의 비명만이 메아리치듯 들려왔다.

'그래⋯⋯. 예전과 똑같은 힘을 부여받을 거라 생각한 내가 어리석었어. 바뀐 과거 속에 살아가면서 이 정도는 예상했어야 했는데!'

뒤늦은 후회 속에서 그레인은 어떻게든 고통을 버텨내려고 안간힘을 썼다.

꽉 깨운 입술 아래로 피가 주르륵 흘러내렸고, 눈을 가린 천에 눈물이 배었다.

암흑 속에 빠져 있던 그레인의 시야 왼쪽 아래 모서리가 투명해지기 시작하더니, 이내 시야를 하얗게 뒤덮었다.

혈관을 타고 흐르는 피가 송두리째 얼어붙는 감각과 함께 이빨을 딱딱 부딪치는 소리가 들려왔다.

오한을 버티기 위해 몸을 웅크리려 했지만, 석판에 고정된 몸은 움직일 수 없었다.

그러나 이대로 의식을 잃을 수는 없었다. 그레인은 다시 한

번 아랫입술을 강하게 깨물었다.

*　　　*　　　*

"헉, 헉……."

얼마나 시간이 흘렀을까.

상체를 일으킨 그레인은 거친 숨을 몰아쉬며 눈을 가렸던 천을 벗겨냈다. 터진 입술에서 흘러나온 피가 턱을 타고 목을 지나 옷까지 붉게 물들였다.

"끝난… 건가?"

그레인은 반사적으로 왼팔을 들어 올렸다.

"이건……."

서릿발에 뒤덮인 그의 왼팔에서 차가운 공기가 연신 뿜어져 나왔다.

"바뀌었어."

예전에 얻었던 힘과 정반대되는 기운이 왼팔을 통해 전신에 퍼져 나갔다. 모든 것을 불태우는 불길은 그에게 다시 돌아오지 않았다.

"우, 우웩!"

석판 아래로 내려오려던 그레인은 돌연 허리를 굽히더니 구역질을 시작했다. 주변에서 흘러나오는 피비린내가 그의 콧속을 비집고 들어왔다.

"으, 으으… 우웩!"

바로 옆 석판에 누워 있던 아이의 잘려 나간 두 다리를 보는 순간, 그레인은 다시 구토를 시작했다.

이전에는 혼자만 하이브리드가 되는 의식을 받았던 터라, 하이브리드의 의식을 함께 치른 다른 아이들의 몰골을 보니 버티기 힘들었다.

"크, 크루겐은 어떻게 되었……."

그레인은 억지로 구역질을 참아내며 크루겐이 누워 있던 석판 쪽을 응시했다.

"나… 살아남았다."

크루겐은 눈물과 콧물, 그리고 침과 코피로 범벅된 얼굴을 하고서 그레인 쪽을 바라보고 있었다. 애써 미소를 짓고 있는 크루겐의 표정이 안쓰럽게 느껴졌다.

그레인은 혹시라도 다른 생존자가 있는지 석판 사이를 힘겹게 걷기 시작했다. 하지만 그 둘과 또 한 명을 제외하고는 모두 석판 위에서 죽음을 맞이했다. 이식하려던 부위가 폭발한 듯 터졌고, 석판 아래로 흘러내린 피로 대강당 바닥이 흥건하게 젖어버렸다.

그 피로 점철된 석판 사이를 한 사내가 아무렇지 않게 걸어왔다.

"세 개가 성공했군."

일주일이라는 시간과 선택이라는 운명을 제시했던 사내의 목소리는 참혹한 광경과 대조적으로 침착했다.

"아니, 두 개가 되었군. 조금 아쉬운데."

그레인과 크루겐 말고 살아남았던 또 한 명의 소년은 결국 피를 토하면서 다시 석판 위에 쓰러졌다. 석판 아래로 내려간 머리를 타고 핏방울이 똑똑 떨어졌다.

그레인과 크루겐은 서로를 부축하며 사내 앞에 섰다.

"너희들의 이름은 뭔가?"

"그레인… 입니다."

"크루겐… 입니다."

"내 이름은 아르디언이다. 앞으로 너희들을 새로운 세상으로 이끌 이름이지. 기억해 둬라."

'아르디언?'

순간 그레인의 눈초리가 날카롭게 변했다.

하지만 이내 원래의 표정으로 돌아갔다. 그의 기억 속의 아르디언과 지금 그의 앞에 서 있는 아르디언의 얼굴은 너무나 달랐다.

"아, 그리고 진짜 얼굴도 기억해야겠지?"

아르디언은 오른손으로 자신의 얼굴을 가로로 슥 훑었다. 그러자 진짜 얼굴을 뒤덮고 있던 가짜 얼굴이 사라졌다. 그와 동시에 그레인의 눈매가 다시 매섭게 변했다.

'그래, 그놈이었어. 교황 아르디언!'

카르디어스 교단의 수장 교황 아르디언.

예전 생에서 그레인에게 하이브리드의 운명을 드리운 자이며, 동시에 결사대의 항전을 무위로 되돌린 원흉.

"호오?"

그레인의 왼손에 닿아 있던 석판 위로 서릿발이 우수수 솟아나더니 석판 전체가 순식간에 얼어붙었다.

"벌써 힘을 이끌어내다니……. 천부적인 자질인가?"

아르디언은 안면에 미소를 띠며 뒤로 한 걸음 물러섰다.

그레인이 앞으로 뻗은 왼팔이 부들부들 떨렸다. 당장에라도 아르디언의 목을 붙잡고 그대로 비틀어 버리고 싶었지만, 아직 남아 있는 고통의 여파 때문에 더 이상 앞으로 나가지 못했다.

"내가 그렇게 미운가?"

아르디언의 말이 끝나기 무섭게, 그레인이 펼친 왼 손바닥에서 날카로운 얼음 창이 솟아나 앞으로 뻗어나갔다.

"하기야, 이렇게 고통스러울 줄은 몰랐을 텐데, 당연한 걸 물어봤군."

아르디언은 몸을 왼쪽으로 살짝 기울여 얼음 창을 피한 뒤, 오른손으로 살며시 움켜쥐었다.

"하지만 그대는 나에게 감사할 것이다. 인간을 능가한 힘을 얻은 점에 대해서."

아르디언의 손에서 뿜어져 나온 빛에 녹아내린 얼음이 아래로 후드득 떨어졌고, 그의 옆에 있던 사내들이 뒤늦게 그레인의 양팔을 붙들며 제지했다.

"그레인, 그리고 크루겐, 선택받은 존재가 된 걸 환영한다. 그리고 선택받은 길로 무사히 걸어가길 바란다."

아르디언은 그 둘에게 인간이라든가, 사람이라는 표현을 쓰지 않은 채 뒤돌아서서 대강당 밖으로 걸어 나갔다.

"나, 나는……."

뭔가 말하려던 그레인의 고개가 아래로 푹 숙여졌다.

남은 힘을 짜낸 그레인의 의식이 흐려지더니 암흑 속으로 빠져들었다.

*   *   *

"112명 중 단 두 명이라."

아르디언은 뭔가 아쉬워하면서도 만족스럽다는 표정을 번갈아 가며 지었다.

확실히 고작 두 명뿐인 성공은 탐탁지 않았다.

하지만 양보다는 질이라는 측면에서 대성공이었다. 이제까지 교단에서 '생산'한 하이브리드 중 그 즉시 힘을 이끌어낸

자는 그레인을 포함해 단둘뿐이었기 때문이다.

"그런데 저런 자질을 지닌 애한테 고작 빙룡의 비늘이라니, 아깝다는 생각은 안 드나? 그대는 그 아이를 높게 평가했다고 생각했는데, 의외로군."

"지금은 평가가 오히려 더 올라갔습니다. 단지……."

아르디언의 왼편에 있던 쉐일은 말끝을 흐리더니 그레인과의 면담을 떠올렸다.

"눈빛이 너무 독해서, 우리들 마음대로 움직여 줄 것 같지 않아서였습니다."

쉐일은 그레인에게 원래 이식해 주려고 했던 빙룡의 어금니를 품에서 꺼냈다. 비늘보다 훨씬 강력한 힘을 이끌어낼 수 있는 빙룡의 어금니 주위로 차가운 기운이 뿜어져 나왔다.

"하긴 예전의 그 건을 생각한다면 처음부터 너무 강한 힘을 주면 안 되겠지."

아르디언은 몇 년 전, 양성소를 탈주한 '그' 하이브리드를 회상하며 납득한다는 듯 고개를 끄덕거렸다.

"이번에는 절대로 실패하지 말도록."

"알겠습니다, 예하."

제4장

같으면서도 다른 과거

카르디어스 신성력 1394년 12월 28일.

"⋯⋯."

눈을 뜬 그레인의 시야에 하얀 천장이 들어왔다.

"으."

전신에 느껴지는 욱신거림에 그레인은 얼굴을 찌푸리며 상체를 일으켰다.

사방에서 튄 핏자국으로 얼룩져 있어야 할 옷은 때 하나 묻지 않고 깔끔했다. 마치 기나긴 꿈을 꾼 것 같은 착각이 들었다.

그레인은 예전 하이브리드였을 때 힘을 구현했던 방식을 떠올리며 왼팔에 마나를 집중시켰다.

"꿈은… 아니었군."

그를 덮고 있던 이불 위에 서릿발이 우수수 솟아올랐다.

뻐근한 몸을 일으키며 침대에서 내려온 그레인은 방 안을 둘러봤다. 서로 나란히 놓여 있는 두 개의 책상과 침대는 그레인 말고 다른 누군가가 같이 있다는 증거였다.

그레인은 침대 맞은편 벽에 있는 책장에 다가가더니 왼팔을 뻗어 옆으로 슥 훑었다.

"나는 진짜 하이브리드가 되었구나, 이번에도."

그의 왼손에 닿은 물건들 위로 서릿발이 돋아나며 차가운 기운이 아래로 흘러내렸다.

마법사들이 마법을 구현하기 위해서는 반드시 주문을 읊어야 한다. 그런 주문 없이 냉기를 구현했다는 점은 그레인이 하이브리드라는 명확한 증거 중 하나다.

그리고 또 하나는 자신이 쓸 수 있는 속성의 힘에 대해 저항력이 강해지는 점.

예전 화룡의 힘을 얻었을 때엔 뜨거움을 좀처럼 느끼지 못했던 것과 같이, 이번에는 차가움을 느끼기 힘든 몸이 되어버렸다.

하지만 예전에 비해 하이브리드로서 약하다는 점은 아쉬웠다. 화룡의 어금니를 이식받았을 당시의 빠른 속도로 퍼져 나갔던 불길과 비교해, 지금 얻은 냉기는 물체를 얼리는 속도가 확연히 느렸다.

"어쩔 수 없지."

빙룡의 어금니였다면 모를까, 고작 비늘이 이식된 지금으로선 시작점 자체가 달랐다.

그래도 아쉬움을 완전히 떨쳐내기엔 무리였다. 만약 더 강한 힘을 주는 코어(Core)가 이식되었다면, 모든 일의 원흉인 교황 아르디언을 그냥 보내진 않았을 것이다.

"휴우……."

그레인은 자신도 모르게 강하게 움켜쥔 왼손을 천천히 펼쳤다.

바로 그때, 문이 벌컥 열리면서 누군가가 들어왔다.

"깼냐?"

"크루겐?"

방에 들어온 크루겐은 땀에 흠뻑 젖은 윗옷을 벗어젖힌 후 물병째 물을 들이켰다.

"휴우, 이제야 살 것 같네. 몸은 괜찮냐?"

"그럭저럭. 그런데 여긴 어디지?"

"어디긴 어디야, 벤트 섬이지. 하이브리드는 모두 여기서 교육받고 나갔잖아?"

"섬?"

그레인은 침대 옆 창문을 향해 시선을 돌렸다. 하지만 창문을 통해 보이는 건 어두컴컴한 밤하늘 아래 출렁이는 바닷물뿐이었다.

"모르겠는데."

"우선 그 힘부터 거두지그래? 이 방을 온통 얼음 천지로 만들 생각이야?"

크루겐은 수건으로 땀을 닦아내면서 오른손으로 그레인의 왼팔을 가리켰다.

그의 왼팔에 머물고 있던 푸른빛이 사라지자, 그레인이 앉아 있던 침대 위에 솟아났던 서릿발이 서서히 녹아내리며 사라졌다.

"그런데 너, 정말 벤트 섬에 대해 몰라?"

"전혀 기억에 없어."

"아, 너는 달랐나? 생각해 보니 너와 내가 항상 공통된 기억만을 가지고 있을 수는 없겠구나. 아무튼 너 깰 때까지 기다리느라 얼마나 지루했는지 너는 모를 거다."

"얼마나 지났는데?"

"여기로 온 지 벌써 열흘 가까이 지났다고. 넌 계속 잠들어 있었고."

크루겐은 새 윗옷과 머플러를 집어 들고서 서랍을 열더니 안에서 열쇠를 끄집어냈다.

"바람이나 좀 쐴까?"

＊　　　＊　　　＊

크루겐을 따라 그레인이 도착한 곳은 건물의 최상층에 위치한 옥상이었다.

"으… 춥다, 추워."

팔짱을 낀 채로 팔뚝 양쪽을 마구 쓰다듬는 크루겐과 대조적으로 그레인은 표정 변화 없이 먼 곳을 바라보았다.

북쪽 해안 너머에 있는 항구의 등대 불빛 아래 출렁이는 바닷물은 창문의 한정된 시야를 통해 봤던 바다와는 또 다른 느낌이었다.

"정말 섬이었군."

벤트 섬.

대륙 최남단에 위치한 섬으로, 카르디어스 교단이 갖추고 있는 두 곳의 하이브리드 육성 장소 중 하나.

다른 이들의 눈을 피해 하이브리드를 육성시키기에 최적의 장소였지만, 예전 생에서 벤트 섬은 크루겐에게 결코 좋은 기억으로 남아 있지 않았다.

"여긴 진짜⋯ 혼자서 버티기엔 정말로 숨 막히는 곳이었지. 절대로 다시 돌아오고 싶은 마음 따윈 조금도 없었어."

"그래도 그때 사귄 친구는 있지 않아?"

"내 원래 성격 몰라? 벤트 섬에 있을 땐 더 심했다고."

"그랬어?"

"게다가 서로 친구 먹고 그럴 분위기가 전혀 아니었어. 서로가 서로를 견제하면서 피 말리는 하루하루였지."

지금과 달리 남에게 말 거는 것조차 힘들어했던 과거를 떠올리며 크루겐은 오른손의 사과를 한입 크게 베어 물었다.

"그래도 지금은 네가 있으니 좀 낫네."

크루겐은 왼손에 쥐고 있던 또 하나의 사과를 그레인에게 휙 던졌다.

"복도에서 교관들과 마주칠 때마다 당장에라도 죽이고 싶었거든. 너는 모르겠지만 이곳의 교관들은 진짜 개새끼뿐이었어. 밀폐된 공간에 인간들을 몰아넣으면 어떤 일이 벌어지는지 처절하게 겪었지. 젠장, 그때 생각만 하면⋯⋯."

사과를 남김없이 다 먹어치운 크루겐은 꼭지 부분과 씨앗만을 골라 퉤 내뱉었다.

"지금은 아직 모르겠지만 그 인간들, 조만간 본색을 드러낼 거야. 하지만 어쩌겠어? 힘을 키워야 뭘 하든 말든 할 거 아냐. 그래서 이곳을 나가기 전까진 고분고분 시키는 대로 따르려고. 그레인, 너는?"

"지금의 우리들이야 교단 입장에선 풋내기에 불과할 테
니…… 어쩔 수 없지."

순간의 감정에 휩쓸려 감당할 수 없는 짓을 저지른다면, 회
귀를 안 한 것만 못한 결과로 이어진다. 감정보단 이성적인 판
단에 따라, 분노에 휩싸이기보다는 차갑게 식은 머리에 따라
행동해야 한다고 다시 한번 다짐했다.

물론 교단에 관련된 일이라면 더욱더 신중하게.

"그러고 보니 너란 놈은 참……. 그때까지 잘 버텨왔으면서
왜 그런 짓을 했어?"

"그런 짓?"

"솔직히 교황이 널 죽였어도 할 말 없는 상황이었잖아. 옆에
서 보는 내 속이 다 타들어 갈 정도였다고."

"아, 그거……."

아르디언이 진짜 얼굴을 드러내자 이성을 잃고 덤벼들었던
기억에 그레인은 쓴웃음을 지었다.

"나도 알고 있어. 하지만 그렇게라도 하지 않았으면 정말 버
티기 힘들었을 거야."

"꼭 너만 그놈 죽이고 싶어 하는 것처럼 말하네. 그런데…
으, 역시 밤공기는 차가워. 참, 너 괜찮겠어? 예전과 정반대되
는 힘을 얻었잖아."

크루겐은 손바닥을 마주 대고 마구 비비면서 입김을 후후 불었다.

그레인은 왼팔에 둘러 있던 붕대를 풀었다. 손등에서 시작되어 팔꿈치까지 돋아난 푸른색 비늘은 결코 인간의 것이 아니었다.

"화염이 아닌 냉기라……. 확실히 다른 느낌이긴 해."

크루겐과 달리 그레인은 차가움을 조금도 느끼지 못했다. 예전 화룡의 어금니를 이식받은 이후 뜨거움을 느끼지 못했던 것처럼.

"하지만 너 역시 예전과 다른 힘을 얻었을 텐데, 틀려?"

"그렇긴 하지. 그런데 난 오히려 지금 얻은 힘이 더 맘에 들어. 회귀하길 잘했다고 생각될 정도로."

크루겐은 두르고 있던 머플러를 풀더니 아래로 내린 양손을 움켜쥐었다. 그러자 그의 전신이 서서히 투명해지면서 어둠과 동화하기 시작했다.

"어때, 전혀 안 보이지?"

"호오……."

"어둠이 있는 곳이라면 어디든지 내 모습을 숨길 수 있지."

크루겐의 목소리가 왼쪽에서 오른쪽, 그리고 등에서 연이어 들려왔다.

잠시 후, 그의 몸이 아까와는 역순으로 다시 모습을 드러냈다.

하지만 그의 얼굴은 완전히 돌아오지 못하고 피부 안쪽의 모습을 고스란히 드러냈다. 여기저기 찢겨져 나간 얼굴 근육 사이로 새하얀 뼈가 드러났고, 오른쪽 눈동자를 중심으로 마구 퍼져 나간 선명한 실핏줄은 텅 빈 왼쪽 안구와 대조적이었다.

"어때?"

"……."

"이런, 너무 흉해서 좀 그런가? 좀 더 시간이 지나면 원래대로 돌아오긴 하지만, 그냥 이걸 항상 두르고 있어야겠어."

크루겐은 다시 머플러를 둘러 목과 눈 아래 얼굴을 가렸다. 눈은 길게 자라난 앞머리로 대충 가리니 흉측한 얼굴을 가릴 수 있었다.

"스펙터(Specter)의 코어를 안면에 이식받은 결과야. 얼굴 자체는 바뀐 게 없지만, 이렇게 한 번 힘을 발휘하고 나면 이런 몰골로 한동안 지내야 하지. 이것 말고도 잠들 때마다 악몽으로 종종 고생 중이지만, 어차피 하이브리드가 된 대가라 생각하고 견디는 중이야."

"괜찮겠어?"

"어차피 이 몰골을 보고 놀라는 건 내가 아니라 상대방이잖아? 하긴, 나도 거울로 확인해 보고 까무러치긴 했지만. 덕분에 앞으로는 거울을 마주 보지 못할 것 같아."

크루겐은 머플러를 손가락으로 살짝 내려 안쪽을 확인해 봤지만 아직까지도 얼굴은 완전히 되돌아오지 않았다.

"나같이 약한 인간은 이런 힘이 더 어울려. 아, 아니지, 이제 인간이라고 말하기엔 무리겠지? 하하하……."

크루겐의 힘없는 웃음소리에 허망함이 묻어나왔다.

"아무튼 둘 다 무사히 하이브리드가 '다시' 되었으니, 이곳을 나갈 때까지 어떻게든 버텨보자고. 아쉽게도 여기 수련생 중에 옛 결사대원은 우리들 말고는 없어 보였지만."

결사대원이라는 말에 그레인은 눈을 크게 떴다.

"수련생은 모두 몇 명이나 있지?"

"50명에서 60명 정도일걸. 나머지는 교단에서 파견 나온 교관들이야."

"혹시 42호를 이곳에서 본 적은 없었어?"

"아딜나? 네 연인이었던 여자 말이지? 훈련하며 틈틈이 모두 얼굴을 확인해 봤지만, 그녀는 확실히 없었어."

"그런가."

그레인은 혹시나 품었던 기대가 사라지자 아쉬움을 감추지 못했다.

그리고 크루겐이 말한, 아딜나의 이름 앞에 붙은 '연인이었던 여자'라는 표현에 다시금 현실을 깨닫게 되었다.

"뭐, 너무 서두르지 말라고. 연이 닿는다면 다시 만나게 될 거야."

"그래, 그렇겠지."

"그러면 내려가 볼까? 너 깨어나면 곧장 교관실로 데리고 오라고 지시받았거든."

*　　　*　　　*

"특별히 아프거나 이상한 곳은?"

"없습니다."

"방 배정은 바꾸지 않아도 괜찮겠나?"

"괜찮습니다."

그레인은 질문에 꼬박꼬박 대답하면서 처음 들어와 본 교관실 내부를 빙 둘러보는 중이었다.

교관들이 걸친 로브에는 카르디어스 교단의 상징이나 문양을 찾아볼 수 없었다. 벽에도, 천장에도, 방 안 그 어느 곳에서도 보이지 않았다. 이전 생에 그를 가르치던 이들이 한결같이 카르디어스 교단의 법의를 걸친 것과 대조적이었다.

"14살이라고 했지?"

하이브리드들의 교육을 담당하는 교관 중 한 명인 이스트라는 그레인의 머리부터 발끝까지 꼼꼼히 살폈다.

"네."

순간 이스트라의 눈이 가늘어지면서 왼쪽 눈썹이 꿈틀거렸다. 심기가 불편할 때 나오는 그만의 버릇으로, 자신에게 주목하지 않는 그레인의 태도가 못마땅했던 것이다.

크루겐은 왼쪽 팔꿈치로 그레인의 옆구리를 쿡쿡 찌르며 눈치를 줬지만, 그레인은 여전히 교관실을 둘러보기만 했다.

"너는 나를 보고도 조금도 겁먹지 않는군."

"네?"

"쉐일이 말한 대로야. 나름 키우는 맛이 있겠어."

하지만 이내 표정이 풀어지더니 예상했다는 듯 이스트라는 고개를 끄덕거렸다.

그리고 손짓으로 그레인과 크루겐에게 따라오라고 지시한 뒤 교관실 밖으로 나왔다.

이스트라는 바로 왼쪽 방의 문에 오른손을 대고 짧게 주문을 읊었다.

"자, 원하는 무기를 택해라."

원형의 마법진이 떠올랐다 사라지면서 문이 열렸다.

어두컴컴한 무기실 안에는 검과 도끼, 그리고 철퇴를 비롯한 다양한 무기들이 진열되어 있었다.

그레인은 본능적으로 검을 집어 들었다. 회귀한 이후 처음으로 들어보는 진짜 검이었기에 그의 얼굴은 약간 상기되었다.

그대로 검을 들고 나오려던 그레인의 시야 끄트머리에 뭔가

가 들어왔다.

"이건……."

방 안으로 들어온 빛과 그림자의 경계선에 걸쳐 있던 '익숙한 무기'를 그레인은 뚫어져라 응시했다.

한동안 가만히 서서 침묵을 지키던 그레인은 무언가를 결심한 듯 고개를 살며시 끄덕거렸다.

무기실에서 나온 그레인의 왼손에는 검 말고 또 하나의 무기가 쥐어져 있었다. 서로 대각선으로 교차된 두 개의 검집 안에 들어가 있는 한 쌍의 단검이었다.

"두 가지를 골라도 괜찮습니까?"

"상관없다. 그러면 그것들을 건네도록."

이스트라는 오른손을 펼치더니 그레인이 고른 무기들 위를 쓱 훑었다. 그러자 손바닥에서 뿜어져 나온 빛과 함께 그 위로 가는 연기가 피어올랐다. 검집들의 끝부분의, 빛의 힘으로 타들어 간 부분에 '그레인'이라는 글자가 각각 새겨졌다.

"훈련이 시작하기 전 여기서 무기를 받아 가고, 끝난 후 반납하면 된다. 개인 소유 무기를 훈련 외의 시간에 소지하거나 사용하면 엄중히 처벌받으니 명심하도록. 이제 돌아가도 좋다."

다시 교관실로 들어가는 이스트라를 향해 크루겐은 깍듯이 인사를 했다.

그레인은 말없이 복도를 걸어가면서 양손을 쥐었다 펴기를 반복했다. 오래간만에 느낀, 제대로 된 무기를 쥔 촉감이 아직도 양손에 머물러 있었기 때문이다.

"아무래도 내 기억과는 다른데……."

크루겐은 회귀 전 기억을 더듬으면서 의아해하는 표정을 지었다.

"그레인, 넌 예전에 장검을 썼잖아? 내 말이 맞지?"

"맞아."

"그런데 왜 굳이 다른 무기를 추가로 고른 거야? 손에 익은 무기가 편할 텐데."

"어차피 바뀐 인생, 다른 무기도 쥐어보는 건 어떠할까 하고… 생각이 들어서."

그레인은 고아원에서 2년간 목검을 휘두르며 감각을 잊지 않으려 노력했지만, 그렇다고 한 가지 무기만을 쓰겠다는 결심을 한 건 아니었다.

"그것만은 아닌 것 같은데? 잠깐, 혹시……."

크루겐은 항상 그레인 옆에 있던 아딜나를 떠올리며 회상에 잠겼다.

같은 결사대원 중에서도 특출한 실력을 지닌 두 남녀는 누구에게든 주목받는 입장이었다. 항상 최전선에 싸우는 그 둘을 당시의 크루겐은 뒤에서 지켜보곤 했다.

"그래서였구나."

그런 아딜나가 사용하던 무기는 다름 아닌 한 쌍의 단검.

그것을 허리 뒤편에 차고 다니던 그녀의 뒷모습이 크루겐의 뇌리에 선명하게 되살아났다.

＊ ＊ ＊

카르디어스 교단이 벤트 섬에 건설한 거대한 탑 안에선 하이브리드의 육성이 빠르게 진행되었다.

총 56명의 수련생은 고된 훈련 속에서 구슬땀을 흘렸다. 일과를 마친 수련생 대부분은 지친 몸을 이끌고 방에 돌아가자마자 쓰러지듯 곯아떨어지기 일쑤였다. 하지만 질 좋은 식사와 훈련 후 충분한 휴식이 보장된 덕분에 수련생들의 불만은 예상보다 적었다.

애초 이곳에 온 하이브리드 수련생 대부분이 고아나 뼈 빠지게 가난한 집안 출신이었기에, 편안히 먹고 잘 수 있다는 점만으로도 만족할 수 있었다.

그들에게는 섬 밖의 자유보다 폐쇄된 공간에서 굶지 않고 살 수 있다는 점이 더 중요했다. 무엇보다 하이브리드가 되면서 새롭게 얻은 힘은 이제까지 하류층에 속했던 그들에게 더 위로 올라갈 수 있다는 가능성을 부여해 주었다. 그것이 좋은 방향이든, 나쁜 방향으로든 간에.

그렇게 시간이 흘러가면서 수련생들이 고된 훈련에 적응하게 될 즈음, 계절은 겨울과 봄을 지나 여름이 되었다.

*   *   *

카르디어스 신성력 1395년 6월 17일.

"휴우……."

그레인은 벽이 차가운 얼음으로 뒤덮인 수련실 안에서 하얀 입김을 내뱉었다.

그의 양손에 쥐어져 있는 단검의 날 위에는 서릿발이 돋아나 있었고, 왼손에 쥐고 있는 단검 아래로 차가운 기운이 연기처럼 흘러내렸다.

그런 그를 갈색 로브를 걸친 여성이 주시하고 있었다. 20대 중반으로 보이는 그녀는 왼손에 서류판을 들고 오른손의 깃털 펜으로 뭔가를 작성 중이었다.

"준비되었니?"

"네."

"그러면 시작하자."

교관 멜린다의 허락이 떨어지자 그레인은 체내에 감돌고 있는 냉기의 힘을 제어하기 시작했다. 그의 왼팔을 뒤덮고 있던 비늘들이 바짝 곤두서더니 아래로 흘러내리던 냉기가 도로 그레인에게 흡수되었다.

그레인은 서릿발 대신 얇은 얼음으로 뒤덮인 한 쌍의 단검을 움켜쥐고 정면에 있는 수련용 나무 기둥을 두 번 베었다.

그다음 왼쪽에 있는, 그리고 뒤에 있는 수련용 기둥을 베어 낸 그레인은 오른쪽 기둥마저 모두 베었다. 얼음 날에 매끄럽게 잘려 나간 기둥의 단면을 확인인 멜린다는 고개를 끄덕였다.

"다음은 투척."

그레인은 팔을 크게 휘두르며 두 개의 단검을 기둥 너머 벽에 부착되어 있는 나무판을 향해 던졌다. 나무판 정중앙에 나란히 단검들이 박히는 순간 서릿발이 사방으로 퍼져 나갔다.

단검의 검 자루 끝에 연결된 와이어를 잡아당기며 단검들을 회수한 그레인은 나무 기둥을 벨 때처럼 방향을 바꾸어가며 단검을 투척했다.

멜린다는 깃털 펜을 쥔 오른손으로 아래를 가리켰다. 그러자 그레인은 단검들을 위로 한 바퀴 던지더니 다시 움켜쥐면서 아래로 내려쩍었다.

"좋았어. 이전보다 빠르고 정확해."

두꺼운 빙판이 그레인을 중심으로 재빠르게 퍼져 나갔다. 멜린다가 오른손을 펼쳐 정면으로 내밀자 빙판은 그녀를 통과하지 못하고 빙 돌아가 뻗어나갔다.

"아직 위력은 나를 이길 정도는 아니지만. 아, 그러면 내가 널 가르치는 게 아니라 배워야 하는 입장이 되겠지? 그러면 다음에는……."

그레인은 멜린다의 지시에 따라 정해진 순서대로 수련을 계속 이어나갔다.

탑 5층에서 진행되는 멜린다의 개인 교습은 매번 싸늘한 공기 속에서 진행되었다. 그러나 그레인이나 멜린다 둘 다 차가움을 느끼지 못했다.

수련이 30분 넘게 진행되자, 그레인은 한 쌍의 단검을 검집에 집어넣고 장검을 꺼냈다. 그러자 그레인은 이전보다 더욱 능숙하게 무기를 휘두르며 차가운 공기를 베어냈다. 수련실 안을 이동하는 움직임 자체도 이전보다 빨라졌다.

'저 애는 저렇게 장검을 잘 쓰는데 굳이 단검까지 쓰는 이유를 알 수 없단 말이야……'

무기를 한 가지만 사용해야 하는 이유는 없지만, 하나를 집중적으로 다루는 편이 더 빠른 성장의 지름길임은 분명하다.

궁금함을 참다못한 멜린다가 예전에 한번 물어보긴 했지만, 그레인은 '별 이유는 없습니다'라고 무뚝뚝하게 대꾸했을 뿐이었다.

지금의 그레인 역시 그녀의 질문에 대답하던 그때와 별다를 바 없는 표정이었다.

"아차."

그레인의 입에서 아쉬운 탄식이 흘러나왔다.

그의 왼손에서 구현되어 뻗어나가던 날카로운 얼음 창이 바로 맞은편 과녁에 닿기 직전 멈췄다.

"또 거기에서 막혔구나."

멜린다는 고개를 절레절레 저으며 'O'로 이어지는 평가 항목 중 마지막을 'X'로 표기했다.

"넌 잘 나가다가 도중에 한 번씩 이러더라. 누누이 말했지만, 감정 조절 좀 할 수 없겠니?"

그녀 역시 그레인처럼 하이브리드이자 동시에 같은 냉기 속성의 힘을 소유했기에 냉기의 힘을 효율적으로 구사하는 법에 잘 알고 있었다.

"아직 어리니까 힘들겠지만, 냉기의 힘은 시전자의 감정을 최대한 억눌러야 효율적으로 구현돼."

그레인에게 다가간 멜린다가 얼음 창 위에 살며시 손을 얹었다.

그러자 서서히 녹아내리던 얼음 창이 다시 얼어붙으며 뻗어나가더니 과녁 가운데를 꿰뚫었다.

"바로 이렇게. 힘을 구현하는 순간이나, 구현 중일 때만 감정을 죽이라고."

"알겠습니다."

"그 '알겠습니다'라는 대답 대신 '이젠 문제없습니다'라는 대답을 듣고 싶어, 나는."

멜린다는 길게 한숨을 내쉬면서 그레인의 뒤통수를 툭툭 건드렸다. 그레인은 무뚝뚝한 표정으로 어깨를 으쓱거렸다.

사실 이렇게 지적받는 이유 자체는 이미 알고 있었다. 화염의 힘을 구현하기 위해 격렬한 증오나 분노를 가슴에 품어야 했던 예전 생의 버릇이 완전히 사라지지 않았기 때문이다.

'그나저나 예전에 내 손으로 죽였던 인간에게 배우게 될 줄이야, 참 묘해.'

이전 그레인의 생에서 멜린다는 그의 손에 의해 최후를 맞이했다.

예전 생에서 모든 하이브리드가 결사대원과 뜻을 같이한 것은 아니었다. 오히려 100명의 결사대원보다 더 많은 수의 하이브리드가 적으로 맞섰고, 결사대원들의 두 손은 인간보다 같은 하이브리드들의 피로 물들어야 했다. 멜린다는 100인의 결사대 중 5명의 목숨을 앗아간 강적 중 하나였다.

그래서 처음 멜린다의 이름을 들었을 때, 가능하면 가까이하고 싶지 않았다. 서로 가해자이자 피해자인 입장이 껄끄럽지 않을 수 없었다.

그러나 지금은 별다른 감정 없이 그녀의 수업에 집중했다. 아직 그녀는 그의 동료를 죽이지 않았고, 그 역시 그녀를 아직 죽이지 않았다. 옛날과 똑같은 과거가 아닌 지금, 그녀에 대해 전생의 감정을 품는 건 무의미하다.

무엇보다 냉기의 능력은 그레인에겐 아직 알아야 할 게 많은 영역이고, 그 부분의 숙련자에게 배우는 건 당연한 일이다.

"다른 애하고 비교해서 좀 미안하긴 한데, 이대로라면 베스티나를 넘어서긴 힘들 거야."

'또 그 애 이야기인가?'

그레인처럼 빙룡의 코어를 이식받은 베스티나는 현재 수련생들 사이에서 1등이라 인정받는 실력자. 그레인과 같은 힘이기에 원치 않아도 그녀와 비교당할 수밖에 없었다.

"너나 그 애나 무뚝뚝한 성격은 똑같은데 뭣 때문에 차이가 나는지 이해가 안 간단 말이야. 역시 이식받은 코어의 차이라고 보기에도… 좀 애매하네."

멜린다는 깃털 펜으로 목 뒤를 두들기며 원래 자리로 돌아갔다.

'어떤 애인지 알고 싶은데, 쉽지 않아.'

그레인은 베스티나와 합동 수련을 하는 건 어떠한지 멜린다에게 요청한 적이 있었다. 하지만 진짜 냉철한 마음가짐을 유지하기 위해서 최대한 타인과 접촉마저 꺼린다는 대답을 멜린다를 통해 들었을 뿐이다.

오전 교습을 마친 그레인은 탑 2층에 있는 식당으로 내려갔다.

오늘의 점심 메뉴는 잘 구워진 닭고기와 신선한 야채로 만든 샐러드, 거기에 우유와 빵이 더해진 식단이었다.

식판 위에 배식받은 그레인은 아직 수련생들이 앉지 않은 식탁의 끝자리에 앉았다.

고아원에 있을 때와 마찬가지로 그에게 다가오는 수련생은 거의 없었다. 애초에 누군가와 친해지기 힘든 그레인의 성격 탓이기도 했지만, 서로 각기 다른 힘을 지닌 수련생들은 서로를 넘어서야 할 벽으로 인식하며 견제했기 때문이다.

그런 그레인의 옆에 누군가가 턱 하니 앉았다.

"오늘도 한 소리 들었나 보네."

씨익 미소를 짓는 크루겐의 식탁 위에는 닭고기가 서너 점 더 올라와 있었다.

"너, 그것만 먹어서 속이 차겠냐? 부탁해서 더 가져다 줄까?"

"다음 훈련을 생각하면 이 정도가 적당해."

"응? 왜?"

"담당 교관 목록에 이스트라가 껴 있더군."

"윽."

포크로 닭고기를 집어 올리던 크루겐의 손이 일순간 멈췄다.

둘은 서로를 마주 보며 인상을 찌푸리더니 이내 쓴웃음을 지었다.

"수련생들끼리의 자유 대련이라는 점이 그나마 다행이랄까."

"그 유창한 독설을 조금이나마 덜 들으려면 우선은 상대를 무조건 이기고 봐야겠네. 아, 머리 아파!"

크루겐은 그릇 안에 담긴 야채샐러드를 포크로 휘휘 저으며 말했다.

"상대가 누구냐에 달렸겠지."

"교관부터 다른 사람이었으면 더욱 좋았겠지만. 아… 예전의 그 교관들보다 한술 더 뜨는 것 같아."

그 둘뿐만 아니라 다른 수련생들에게도 이스트라의 이름은 두려움 그 자체였다.

다른 교관들의 훈련이 먹은 걸 게워내게 한다면, 이스트라와의 훈련 시간은 식욕 자체를 떨어뜨리게 만들 정도로 정신적인 압박을 덧붙인다.

그의 교습을 여러 차례 받다 보니, 이스트라를 처음 만났을 때 왜 크루겐이 긴장했는지 그레인은 이제 이해할 수 있게 되었다.

"아, 문득 생각난 건데, 넌 교단의 성지에서 단독으로 훈련받았다고 했지?"

크루겐은 그레인 옆으로 바짝 붙더니 목소리를 낮췄다.

"그렇다면 이곳의 분위기엔 익숙하지 않겠네."

"아직도 어색하긴 하지. 그래서 성격도 좀 변하는 거 같고."

"그건 아닌데? 넌 나와 달리 변한 게 거의 없는 거 같아. 여기에 온 지 거의 반년이 훌쩍 넘었는데도 예전 분위기 그대로야."

무뚝뚝한 표정과 다른 사람과 쉽게 교류하려 하지 않으려는 성격.

크루겐을 만난 이후 조금 부드러워지긴 했지만 성격의 근본은 여전히 바뀌지 않았다.

"그 눈빛 말이야. 덕분에 다른 동료들과 만난다면, 그 녀석들은 널 쉽게 알아볼 수 있을 거야. 나 역시 예전 그곳에서 널 찾아냈듯이."

"그래? 난 잘 모르겠던데."

그레인은 우유를 반쯤 마신 뒤 인중을 손가락으로 쓱 훑었다.

"그것보다 여기 교관들이라는 작자들, 예상보다 쓰레기들은 아니라고 생각돼."

"그렇지?"

"상대하기 나름 힘들어도 네가 말했던 정도까진 아니야."

수련생들이 지켜야 하는 탑 내의 규율 자체는 엄했지만, 그걸 어기지 않는 한 이유 없는 체벌이나 괴롭힘을 그레인은 아직 겪지 못했다.

"아, 그건 말이지… 잠시만."

크루겐은 주변을 두리번거리더니 그레인의 왼쪽 귀에 얼굴을 가져갔다.

"3년 전인가, 4년 전인가… 아무튼 이전에 다른 곳에서 수련생들과 교관들 사이에서 처절한 혈전이 벌어졌었대. 그 와중에 수련생 몇 명이 탈주했고."

"정말로?"

"쉿, 목소리 낮춰. 아무튼 그 이후로 정해진 규칙만 어기지 않으면 건드리지 않는 걸로 정책을 바꿨다나 뭐라나. 아무튼 그래. 또 우리들이 알고 있던 기억과 달라진 거지."

귓속말을 마친 크루겐은 남은 닭고기를 빠르게 먹어치웠다.

"누구일까."

그레인은 나이프를 손에 쥔 채로 생각에 잠겼다.

교단을 증오하고 있음에도 회귀한 이후 당분간은 교단 아래 있어야 하는 현실이 썩 마음에 들진 않았다. 그런 그레인조차도 지금 당장 교관들을 쓰러뜨리고 벤트 섬을 탈출할 엄두는 내지 못했다.

"설마 그가……"

그렇게 과감한 결정을 내릴 수 있는 동료는 그레인이 아는 한, 단 한 명밖에 없었다.

"야, 따라와."

바로 그때, 누군가가 크루겐의 어깨를 툭 치고 지나갔다.

그레인과 식탁 사이를 지나가는 네 명의 수련생을 멍하니 쳐다봤다. 반면 크루겐은 귀찮다는 표정을 지으며 뒤통수를 벅벅 긁었다.

"왜 또 날 부르지? 설마 그 건 때문인가?"

"무슨 일 있었어? 저 녀석들, 항상 뭉쳐 다니는 그놈들이잖아?"

"이야기해 봐야 알겠지만, 정말 귀찮아."

크루겐은 노골적으로 싫다는 표정을 지으며 식판을 들고 일어섰다.

"아, 진짜 밥도 다 못 먹었는데……"

*   *   *

생각할 수 있는 존재가 있는 곳이라면, 생각 없이 만들어지는 규칙이나 불문율이 존재하게 마련이다. 그런 의미에서 크루겐을 둘러싼 네 명의 수련생은 그러한 규칙을 강요하는 이들 중 하나였다.

나이가 제일 많은 축에 속한 이들은 서로 견제하는 수련생들 사이에서 특이하게 단체로 뭉친 이들이었다. 그래봤자 18살에서 19살에 되지 않았지만.

"그러니까 무슨 말 하는지 알겠지? 우리들과 뜻을 함께하자고. 이 답답한 우리 안에 언제까지 처박혀 있을 생각이야?"

"글쎄요. 그건 좀 무리라고 생각되는데요."

크루겐은 머릿속에 떠오르는 '멍청이들'이란 단어 대신 최대한 공손한 단어를 골라 대답했다.

"하, 이것 봐라? 내가 하자고 말하면 그냥 한다고 대답하는 거야. 어디서 토를 달아?"

"좋게 말하니 말귀를 도통 못 알아듣네……. 귓구멍 다시 뚫어버릴라."

하지만 그들은 결코 크루겐에게 공손하지 않았다.

"그리고 이건 뭐야? 누가 멋대로 이런 걸 두르라고 했어?"

그들의 리더인 도리탄은 크루겐이 두른 머플러의 한쪽 끝을 잡아당겼다.

이들은 크루겐이 자신들과 함께할 생각이 없자 평소처럼 쓸데없는 걸로 트집을 잡기 시작했다.

그들이 크루겐을 끌고 간 곳은 탑 9층의 창고 쪽 복도 끝으로, 순찰하는 교관들의 시야에 잘 닿지 않는 곳이었다.

'아, 진짜 이것들은 도대체가… 머리는 장식으로 달고 있나?'

크루겐은 자신이 지닌 힘의 특성상 얼굴을 가려야 했고, 혹시 몰라서 교관들에게 미리 허락을 받아놓은 터였다. 하지만 이런 설명을 해봤자 저들이 원하는 대답이 아니라는 걸 알기에 별다른 변명을 하지 않았다.

"그리고 너와 같이 다니는 그놈 있지? 그 녀석은 너보다 2살이나 어린데도 서로 반말을 주고받는 모양새가 너무 안 좋아. 네가 너무 격의 없이 대하니까 위계질서가 무너진다고."

"네? 뭐라고 했습니까?"

"위계질서! 너, 그것도 모르냐?"

"푸하하핫! 위, 위계질서? 푸하핫!"

화가 쌓이고 쌓인 반대급부일까.

크루겐은 결국 참고 참았던 웃음을 터뜨리고 말았다.

"아이고, 잘 알겠습니다. 그렇게 원하신다면 나이대접은 해드리죠. 하지만 그 이상의 걸 저에게 강요하진 마십쇼."

"뭐?"

"그깟 한두 살 차이, 나중에는 아무런 의미도 없는데……."

"이 새끼가?"

"호오? 여기서 한번 일 크게 벌여볼까요, 저보다 나이가 무려 2살이 많으신 '선배'님?"

크루겐은 노골적으로 비웃음을 지으며 양쪽 주먹을 번갈아가며 어루만졌다.

"이 새끼, 겁대가리를 상실했구나?"

그들은 식사 시간에 몰래 빼돌린 식사용 나이프를 갈아 만든 무기를 들고서 크루겐의 사방을 둘러쌌다. 이전의 다른 수련생들에게 그랬던 것처럼 얼굴에 상처 하나 정도 만들어주면 손쉽게 굴복시킬 수 있을 거라는 착각을 품고서.

"크루겐, 여기 있었냐?"

바로 그때 그레인의 목소리가 그들의 뒤에서 들렸다.

"어, 이건……."

그레인의 갑작스러운 등장에 그들은 당황하며 방금 꺼내든 무기를 황급히 숨겼다. 그레인이 교관에게 고자질이라도 한다면 등에 피가 철철 흐르도록 체벌실에서 채찍질을 당해야 한다.

"흠흠! 아무튼 내가 한 말 명심해! 계속 무시하면 그냥 넘어가지 않겠어."

도리탄은 큰소리를 뻥뻥 치더니 동료들과 함께 자리를 피했다.

"그리고 아까 본 거 절대 말하지 마라."

도리탄이 옆을 스쳐 지나가면서 조용히 경고하자, 그레인은 어이없다는 표정을 지으며 그의 뒷모습을 응시했다. 잠시 후, 그레인의 입에서 절로 피식하는 웃음소리가 새어 나왔다.

"왜 그렇게 흥분했어? 애들 상대로."

"머리에 피도 안 마른 풋내기들이 지랄 떠는 게 아니꼬워서 그랬다."

"확실히 풋내기는 맞지."

"예전 생에서 교관들이 애들을 거의 죽을 정도로 잡을 땐 이런 일은 못 겪어봤는데. 역시 어떤 식으로든 문제가 생기긴 하나 봐. 이번에 제대로 손봐주려고 했는데. 쩝."

어두컴컴한 창고 안으로 도망가는 척하면서 풋내기들을 혼쭐내 주려던 크루겐의 계획은 아쉽게도 시작조차 하지 못했다.

"그래도 저놈들이 결사대가 아닌 게 정말로 다행이야. 저런 녀석들은 있으나 마나거든."

"그걸 어떻게 알지?"

"전에 이야기했잖아? 옛 동료들에 대해 회귀 전에 꼼꼼히 기억해 놨다고. 게다가 옛 동료를 발견했다면 너에게도 알렸을 거잖아."

"하긴 그렇군."

"아, 생각할수록 열받네. 이러다가 옛날처럼 머리 빠지는 거 아냐?"

크루겐은 다른 동료들보다 빨리 머리숱이 적어지던 '예전의 미래'를 떠올리며 진저리쳤다.

"머플러뿐만 아니라 가발까지 뒤집어써야 하는 거 아냐? 세상을 구하기 이전에 나부터 좀 구해야겠어."

크루겐의 너스레에 그레인은 참으로 오래간만에 미소를 지었다.

"그런데 단지 으름장을 놓으려고 널 부른 것 같지는 않던데, 내가 틀렸냐?"

그레인의 물음에 크루겐은 짜증 섞인 표정으로 뒤통수를 벅벅 긁었다.

"저 애송이들, 어설픈 불장난을 준비 중이야."

*　　　*　　　*

"다시 말하겠지만, 무기 없이 겨루되 하이브리드의 힘을 절대 사용하지 말 것. 이걸 어길 경우 체벌을 각오해라."

점심 이후 시작된 오후 단체 수련의 교관 이스트라는 초장부터 으름장을 놓았다.

수련에 참가한 수련생 전원이 긴장한 얼굴로 이스트라의 말 하나하나를 놓치지 않고 귀담아두는 가운데, 그레인은 크루겐에게 들은 말을 곱씹는 중이었다.

"진짜 대책 없는 놈들이야. 교관들 정도야 자기네들 힘으로 쉽게 제압할 수 있다며 큰소리를 뻥뻥 치면서 섬을 탈출하겠다고 하니 미치겠어. 저 녀석들 실력으론 분명히 실패할 게 뻔하고, 교관들이 예전처럼 수련생들을 조질 것 역시 뻔한데 말이야."

도리탄 일행은 넘치는 자신감을 탈주라는 방법으로 표출하고 싶어 했고, 어둠 속에서 모습을 감출 수 있는 크루겐의 능력은 그들의 목적에 매우 적합했다.

'탈주라, 진짜 앞뒤 생각도 못 하는 놈들이로군.'

예전 생에서 하이브리드 수련생들의 탈주 시도가 없었던 것은 아니었다.

하지만 그때는 초죽음에 가까운 훈련과 대우를 견디다 못해 진짜 죽기 아니면 살기라는 각오로 시도했다.

반면 아가 도리탄 일행이 꾸민 탈주는 더 이상 답답한 벤트 섬에 틀어박혀 있기 싫어서라는 가벼운 이유라는 게 문제였다.

게다가 탈주가 실패하더라도 하이브리드가 된 자신들을 쉽게 내치진 않을 거라는 근거 없는 자신감이 가장 큰 문제였다. 아직 20살도 안 된, 그레인과 크루겐 입장에선 애송이로밖에 안 보이는 그들은 교단을 몰라도 너무나 몰랐다.

"자, 시작해라."

이스트라가 손뼉을 치자, 수련생들은 일사불란하게 움직이면서 2명이 서로 마주 보는 대형을 이뤘다.

"호오, 잘 만났다."

그레인의 이번 대련 상대는 공교롭게도 도리탄이었다.

"눈 깔아."

도리탄은 고개를 위로 살짝 들어 올리면서 으름장을 놨다.

하지만 그레인의 시선은 조금도 내려가지 않았다.

"이 새끼, 아직도 말귀를 못 알아듣냐?"

"크루겐에게 반말 쓰는 게 못마땅하다면 고치도록 하겠습니다."

갑자기 크루겐을 존대한다면야 낯설기야 하겠지만, 그렇게 해서 불필요한 분쟁이 사라진다면 못 할 것도 없는 일이었다.

하지만 그렇게 요구를 하나씩 들어준다면 더 불편해질 거라는 예상과 함께, 굳이 이런 애송이에게 비굴하게 굴 필요가 있나 하는 의문이 들었다.

"그게 문제가 아니잖아! 눈 안 깔아?"

도리탄의 오른손이 그레인의 얼굴을 노리고 뻗어나갔다. 그러나 그레인은 고개만 살짝 옆으로 움직이며 도리탄의 공격을 여유롭게 피했다.

여전히 양팔은 아래로 내린 채.

"이 자식이!"

도리탄의 연이은 공격이 이어졌지만 그레인은 몸을 아래로 숙이거나, 좌우로 이동하며 능숙하게 피해냈다.

'아무래도 옛날처럼 대했다간… 많이 곤란해지겠지?'

어떻게 하면 이 풋내기를 고분고분하게 만들까 생각해 봤지만, 몇 년 전 고아원에서 썼던 방법을 그대로 쓰기엔 무리였다.

고아원이야 어차피 2~3년 안에 떠날 걸 전제로 들어갔던 곳이라 막 나가는 방법이 통할 수 있었다.

그러나 이곳은 다르다. 교단의 '개'로 살아가는 척하면서, 많은 것을 교단으로부터 흡수하고 자신의 것으로 만들어야 한다. 그래야 회귀 이전보다 더 강해질 수 있고, 마지막에는 교단의 종말을 이끌어낼 수 있을 것이다.

그렇게 고민하는 사이, 그레인은 무의식적으로 예전 생에서 배운 격투술을 떠올리며 움직였다.

'격투술이라. 그러고 보니 무기 없이 주먹으로만 싸우던 녀석이 있었지.'

대부분 고아이거나 가난한 집안 출신인 하이브리드 중에서도 유달리 눈에 띄었던, 한 나라의 왕자 출신이었기에 그레인의 기억에 남아 있는 이가 있었다. 무기가 없는 경우를 상정해 모든 결사대원이 그에게 격투술을 배웠던 옛날은 어느새 지금보다 미래의 일이 되어버렸다.

'그래, 85호. 그 녀석이 가르쳐 준 방식이 아마……'

그레인은 양팔을 입술 근처까지 들어 올리더니 왼손을 앞으로 살짝 내밀었다.

"윽!"

앞으로 돌진하던 도리탄은 얼굴을 감싸며 급하게 뒤로 물러섰다.

그 뒤론 그레인의 공세가 이어졌다. 주먹을 내키는 대로 마구 휘두르지 않고, 디딘 발과 허리를 함께 회전시키면서 주먹을 질렀다. 여기에 85호에게 배운 몇 가지 기술을 섞어주는 것만으로도 도리탄을 상대하기 충분했다.

그래봤자 격투술을 전문적으로 익힌 85호에 비하면 미숙했지만, 그럼에도 도리탄에게는 충분히 통할 수준이었다.

"제, 젠장!"

다급해진 도리탄은 반격을 시도했지만, 양팔을 겨드랑이에 붙인 자세로 방어에 들어간 그레인을 쓰러뜨리기에는 무리였다.

"윽!"

그레인은 몸을 움츠리면서 왼쪽 뺨을 어루만졌다.

"이건……."

도리탄의 오른손이 스쳐 지나간 자리에 선혈이 자리 잡았다.

"후후, 어때?"

도리탄은 기분 나쁜 웃음을 짓더니 오른손을 펼쳤다가 다시 주먹을 쥐었다. 그의 오른손에서 솟아났던 날카로운 가시가 잔상을 남기며 빠르게 사라졌다.

"이번에는 반대쪽이다!"

도리탄은 교관들의 눈이 닿지 않는 사각지대로 그레인을 몰아붙이며 하이브리드의 힘을 몰래 사용했다.

'걸리면 체벌실로 직행이니 저런 식으로 나오는군.'

그레인은 도리탄과의 거리를 벌리더니 왼손을 펼쳤다. 아무리 상대가 이렇게 나오더라도 시간을 들이며 공략한다면 바닥에 쓰러뜨리기엔 별문제가 없어 보였다.

그러나 이번 기회에 본때를 보여줘야 했다.

옛날보단 더 무섭게, 하지만 남들이 보기엔 우연한 사고처럼.

"으앗! 차, 차가워!"

도리탄의 오른팔을 움켜쥔 그레인의 왼손에서 냉기가 빠르게 퍼져 나갔다.

뼛속까지 파고드는 차가움에 도리탄이 움찔하자, 그레인은 기회를 놓치지 않고 그를 바닥에 쓰러뜨렸다.

"이것 봐! 그건 바, 반칙이잖아?"

"항복하겠습니까?"

바닥에 엎드린 도리탄 위에 올라탄 그레인은 그의 오른팔을 강하게 꺾었다. 물론 냉기의 힘은 사라진 지 오래였다.

"모두 봤지? 봤잖아! 저, 저 녀석이 멋대로 힘을 쓴 것 말이야!"

도리탄은 발악하며 목소리를 높였지만, 워낙 짧은 순간에 사용한 냉기라 다른 수련생들은 물론 교관들도 알아채지 못했다.

"항복 안 하십니까?"

"아, 알았어! 항……."

우두둑.

"으아악!"

도리탄은 관절이 뒤틀리는 고통 속에서 비명을 질렀다.

하지만 그레인은 여기서 끝낼 생각이 눈곱만큼도 없었다. 이번엔 도리탄의 왼쪽 팔을 왼손으로 움켜쥐었다.

"인내심이 대단하시군요. 하지만 더 이상은 위험합니다. 항복하시겠습니까?"

"기, 기다려! 아까부터 난……."

우두둑.

"크헉……."

이번에는 비명 대신 신음 소리가 도리탄의 입에서 흘러나왔다.

고아원에 있을 때와 달리, 적당히 겁을 주는 수준에서 멈출 생각은 처음부터 없었다.

이 정도로 머리가 굵은 상대에겐 고아원에서 했던 것처럼 단지 피를 조금 보여주는 것만으로는 부족하다. 절대 잊을 수 없는 고통을 안겨줘야 한다.

단, 이전보다 요구할 건 더 확실하고, 구체적으로 표현하면서.

그레인은 그의 왼팔을 움켜쥔 채 몸을 숙여 도리탄의 귓가에 작게 속삭였다.

"들리십니까?"

"흐, 흐흑……."

"선배님들께서 무슨 일을 하시든 간에 전 관여할 생각이 없습니다."

그냥 교관들에게 보고하는 방법도 있지만, 탈주를 시도한 것 자체로 인한 후폭풍으로 인해 탑 내 분위기가 어떻게 바뀔지 모른다. 크루겐이 치를 떨었던, 예전 생의 벤트 섬으로 돌아가 버릴 가능성이 높다.

"하지만 여길 나가시는 건 곤란하죠. 성공하시든, 실패하시든 간에 남아 있는 저희들은 어떻게 되겠습니까?"

"으으……."

그레인의 말이 계속 이어졌지만 도리탄은 고통 때문에 대답할 겨를이 없었다.

"전 같은 말을 반복하는 걸 그다지 좋아하지 않습니다. 그 위험한 계획을 계속 추진하시겠습니까, 마시겠습니까? 만약 거절하신다면 전 즐거운 마음으로 선배님과의 다음 주의 대련을 기다리고 있겠습니다."

"알았어! 알았다고!"

"그리고 방금 제가 냉기를 쓴 건 아무쪼록 비밀로 부탁드립니다."

"절대 말 안 할 테니까… 크루겐에게 반말을 하든, 말든 상관없으니까… 흐흑……."

결국 도리탄은 참았던 눈물을 흘리면서 목 놓아 울기 시작했다.

수련생들은 어느새 그 둘의 주변으로 모여들었고, 그레인은 아무렇지 않게 일어섰다.

도리탄의 오른팔이 꺾일 때부터 지켜봤던 크루겐은 기가 찬다는 표정을 지었다.

"너무 심했나?"

"팔 하나 아작 낸 시점에서 이미 충분했다고 보이지만 말이야. 뭐, 그래도 속은 시원하다."

크루겐은 그레인과 귓속말을 주고받은 뒤, 다른 수련생들을 둘러보며 휘파람을 불었다.

"이야, 효과 장난 아닌데? 모두 널 바라보고 있어."

"흑흑… 아파……. 죽을 것 같아……."

도리탄의 눈물이 바닥을 흥건히 적시는 사이, 뒤늦게 상황을 파악한 교관들이 달려와 그 둘을 다급히 격리시켰다.

"그레인, 이건 어디까지나 대련이다! 너는 정도가 뭔지 모르는 놈이냐?"

"죄송합니다."

화가 머리끝까지 치솟은 이스트라의 독설이 그레인을 향해 마구 쏟아졌지만, 그레인은 무표정한 얼굴로 묵묵히 그의 화를 받아내기만 했다.

"지금 당장 가라!"

이스트라는 거칠게 숨을 몰아쉬며 체벌실이 있는 쪽을 가리켰고, 그레인은 가볍게 인사한 뒤 걸음을 옮겼다.

주변의 수련생들은 겁에 질린 표정으로 알아서 길을 비켜 주었다. 아무렇지 않게 대련 상대의 팔 두 개를 박살 내버리는 그레인은 공포 그 자체였다.

물론 그동안 도리탄이 한 행실을 떠올리며 마음속으로는 통쾌해했지만.

"잘 맞고 와."

크루겐은 제 발로 체벌실로 향하는 그레인의 등을 툭 쳐줬다.

*   *   *

그레인이 도리탄에게 본때를 보여준 이후, 또 한 차례 사건이 벌어졌다.

다행히 도리탄 일행의 탈주 시도는 완전히 중단되었지만, 도리탄과 함께 어울리던 세 명이 분위기를 파악하지 못하고 크루겐에게 또 시비를 걸었던 것이다.

그리고 그날 밤 늦게 방에 들어온 크루겐은 '내 선에서 처리했어'라는 말만 남기고 침대 위로 쓰러졌다. 다음 날 아침, 방에 들이닥친 교관들에 의해 체벌실로 끌려가 버리긴 했지만.

그 결과 도리탄 일행은 그레인과 크루겐을 볼 때마다 황급

히 자리를 피했고, 특히 그레인과는 눈조차 마주 보지 못하고
그쪽에서 알아서 '눈을 깔게' 되었다.

자연스레 도리탄의 영향력은 줄어만 갔고, 그와 같이 다니
던 세 명은 뿔뿔이 흩어졌다.

반대로 도리탄을 혼쭐내 준 그레인에게 많은 수련생이 다가
왔다. 대련을 권하기도 하고, 교관들 사이에서 이미 인정받은
실력을 칭찬하며 그와 가까워지기를 원했다.

하지만 그레인은 적극적으로 나서지 않았고, 그 대신 친구
가 더 늘어난 쪽은 같이 다니는 크루겐 쪽이었다.

그레인은 타인에게 신경 쓰지 않고 묵묵히 수련에 전념했
고, 그러다 보니 자연스레 그의 대련 상대는 크루겐으로 고정
되었다.

그렇게 각자 성장하면서 시간은 그 어느 때보다 빠르게 흘
러갔다.

＊   ＊   ＊

카르디어스 신성력 1396년 2월 25일.

겨울의 끝자락에 내린 눈이 벤트 섬 전체를 하얗게 뒤덮었다.
"꺄하하하! 여기야, 여기!"

"에잇! 나에게만 던지지 말라고!"

"여기 좀 도와줘! 나 혼자선 무리야!"

두 패거리로 나뉜 소년 소녀들이 상대편을 향해 눈덩이를 쉴 새 없이 던졌다.

답답한 탑에서 벗어나, 밖에서 즐기는 눈싸움에 그들은 시간 가는 줄 모르고 분주하게 움직였다.

며칠 전, 1년에 두 번 주어지는 정기 휴가로 인해 반 이상의 교관들이 벤트 섬을 떠났다.

수가 적어진 교관으로 진행할 수 있는 수련은 결국 수련생들끼리의 자유 대련뿐.

교관들은 교관들 나름대로 수련생들을 통제하느라 고생했고, 수련생들은 계속 대련만 반복되자 지루해했다.

보다 못한 크루겐이 이스트라 교관을 찾아갔다. 이렇게 된 거 아이들이 하루라도 실컷 놀게 하고 수련시키는 편이 효율적이지 않겠냐면서.

까다롭기로 소문난 이스트라는 크루겐의 요청을 그닥지 않게 흔쾌히 수락했다. 그리고 이렇게 된 거 하루가 아닌 3일 동안 넉넉하게 자유 시간을 만끽하라며 눈으로 뒤덮인 창밖을 가리켰다.

크루겐이 이스트라의 말을 전달하자, 수련생들은 환호성을 지르며 오래간만에 탑 안이 아닌 밖으로 우르르 달려 나갔다.

"어이, 그렇게 하면 안 되지! 측면을 공략하라고! 탐슨, 너는 얼음벽 뒤에 숨어서 타이밍을 노려!"

크루겐은 자기편의 수련생들에게 지시를 내리면서 자신 역시 열심히 눈덩이를 던졌다.

수련생들 중 나이가 많은 축에 속함에도 아래위를 따지지 않고 편하게 대하는 크루겐은 분위기 메이커였다.

하지만 오늘만큼은 아이들을 다루기 영 힘들었다. 참으로 오래간만에 자유를 만끽하는 그들의 귀에는 크루겐의 지시가 들리지 않았다.

"에잉, 나도 모르겠다! 모두 공격!"

눈덩이를 한 아름 안고서 크루겐이 상대편 진지를 향해 달려갔다. 그러자 같은 편 아이들이 함성을 지르며 뒤따라갔다.

서로를 향해 날아가는 눈덩이는 더 늘어났지만, 그들의 입에서는 웃음소리가 끊이지 않았다. 애초부터 누가 이기든 지든, 그건 중요하지 않았다.

얼마 후, 온몸에 눈을 잔뜩 뒤집어쓴 크루겐이 으스스 떨며 그레인에게 달려왔다.

"으으으! 춥다, 추워!"

크루겐은 화톳불 가까이 다가가 손을 비볐다. 그레인은 화톳불에 올려놓은 주전자를 집어 들고 차를 따라 건넸다. 꿀이 들어간 따뜻한 차를 들이켜자 온몸으로 퍼지는 온기에 크루겐의 표정이 확 풀렸다.

"휴우, 이제야 살 것 같네. 아, 조금만 더 했으면 이기는 건데."

"애초부터 승패에는 모두 관심 없던 것 같은데?"

"하긴, 그런가? 하하하!"

눈싸움이 진행되는 동안, 그레인이 만든 커다란 눈사람 옆에 선 크루겐은 코 대신 붙여놓은 당근의 위치를 똑바로 교정했다.

"한창 뛰놀고 나면 추워서 전원 여기로 달려올 거야. 슬슬 끝날 분위기이니 불을 더 피워야 할 것 같은데. 체이니, 괜찮겠어?"

"응, 문제없어. 잠시만."

자그마한 체구의 소녀가 화톳불 옆에 쌓아놓은 장작 두 개를 하나씩 집었다.

순간, 양손이 움켜쥔 장작과 함께 불길에 휩싸였지만 그녀는 표정 한 번 일그러뜨리지 않고 화톳불에 장작을 툭 던졌다.

"활활 잘 타오르네. 역시 불 다루는 데는 체이니만 한 사람이 없다니까."

크루겐의 칭찬에 주근깨가 가득한 얼굴이 수줍게 미소를 지었다.

크루겐은 눈싸움에 참여하지 않는 인원에겐 각자에게 맞는 역할을 분담했다.

화톳불에 불을 붙이는 일은 화염의 힘을 지닌 체이니가, 장작을 베어 오는 일은 웬만한 상처에도 피를 흘리지 않는 오를랑에게 맡겨졌다.

그레인의 역할은 양 팀의 진지 앞에 투명한 얼음벽을 하나씩 세우고 눈덩이를 한가득 뭉쳐주는 거였다. 덕분에 수련생들은 눈덩이를 만들 필요 없이 눈싸움 자체에 전념할 수 있었다.

"오, 온다."

한바탕 눈밭 위를 뒹군 소년 소녀들이 우르르 몰려들었다.

그러나 화톳불에 가까이 다가가지 못하고 거리를 유지했다. 그들의 시선은 화톳불 옆 그레인에게 집중되었다가 이내 각기 다른 방향을 향했다.

'어쩔 수 없군.'

그레인은 크루겐의 어깨를 툭 건드린 뒤 수풀 안쪽을 향해 걸었다.

"어디 가?"

"바람 좀 쐬러."

그레인이 자리를 뜨자, 아이들은 너 나 할 것 없이 화톳불 주위에 몰려와 언 몸을 녹였다.

크루겐은 두르고 있던 머플러를 코 위로 살짝 잡아 올렸다.

"여전하네, 저 녀석도."

"그레인도 알고 보면 착한데……."

체이니는 식당에서 미끄러질 뻔했던 자신을 잡아줬던 그레인을 떠올리며 볼을 살짝 붉혔다.

들고 있던 식판이 엎어지며 그레인의 옷이 엉망이 되었지만, 그는 화 한 번 내지 않고 그녀가 안 다쳤는지 확인하고선 말없이 씻으러 가버렸다.

하지만 막상 체이니 본인도 그레인에게 말을 건네기 힘들어했다.

"아직도 저 녀석이 무서워?"

"무섭다기보단 접근하기 어려워."

도리탄이 조용히 묻혀 지내게 되자, 이번에는 그레인이 수련생들을 휘어잡을 거라고 모두 예측했다.

그러나 그레인은 다른 애들에게 해코지 한 번 하지 않았다. 그렇다고 매정하게 구는 것도 아니고, 크루겐을 통해 누군가 부탁을 하면 거절하는 경우는 거의 없었다.

타인에게 무관심하다기보단 일정 선을 그어두고 그 안으로 넘어오는 걸 정중하게 거절하는 분위기랄까.

"하긴 저 녀석의 분위기를 어린 너희들이 감당하기엔 좀 무리겠다."

"어려? 그레인은 나와 동갑인데."

"그런 게 있어."

크루겐은 체이니의 머리를 쓰다듬어 주었다.

"자! 모두들 몸 풀렸겠지? 이번에는 이렇게 놀아보자."

크루겐은 나뭇가지를 집어 들더니 흰 눈 위에 길게 선을 그었다. 소년 소녀들은 이번엔 어떤 놀이를 가르쳐 줄까 기대하면서 그의 뒤를 총총 따라갔다.

＊　　　　＊　　　　＊

다른 수련생들 사이를 떠난 그레인은 하염없이 수풀 속을 거닐었다.

이렇게 된 거 혼자 수련이라도 할까 생각해 봤지만, 그 누구도 아닌 이스트라가 허락해 준 자유 시간을 그렇게 쓰긴 또 아까웠다.

그렇게 무작정 수풀 사이를 오가던 그레인의 걸음이 멈췄다.

"어……."

몸이 살짝 떨리더니 피부가 조여들면서 천천히 소름이 돋았다. 참으로 오래간만에 느끼는 차가움이었다.

그레인은 차가운 기운이 흘러나오는 근원지를 쫓아 발걸음을 옮겼다. 아무도 밟지 않은 흰 눈 위로 그레인의 발자국이 길게 이어졌다.

'저 애는?'

허리까지 길게 내려온 푸른색의 머리카락.

추운 날씨에도 불구하고 가벼운 옷차림.

멜린다가 매번 언급하던 수련생, 베스티나였다.

"어… 음."

베스티나와 눈이 마주친 그레인은 무슨 말을 해야 할지 고민했다. 식사 시간이나 단체 수련 때 몇 번 본 적은 있었지만, 이런 식으로 단둘이 있어보기는 처음이라 당황스럽기까지 했다.

그러나 베스티나는 무표정한 얼굴로 그레인을 잠시 쳐다볼 뿐 곧 뒤로 돌아섰다. 그리고 방금 전까지 진행하던 수련을 계속 이어나갔다.

'이왕 여기까지 왔으니 실력이 어느 정도인지 확인이나 해볼까?'

그레인은 근처의 바위 위에 앉더니 턱을 괴고서 베스티나를 주시했다. 엉덩이를 통해 전해지는 서늘함이 영 익숙하지 않았지만.

＊   ＊   ＊

휘이잉.

그녀를 중심으로 차가운 바람이 몰아치더니, 이내 눈보라로 바뀌었다.

'으, 싸늘하군.'

그레인은 자신도 모르게 팔짱을 끼고서 몸을 움츠렸다. 눈은 여전히 베스티나를 향하고 있었지만, 거센 눈보라 때문에 뭐가 어떻게 돌아가는지 살펴보기 힘들었다.

잠시 후, 눈보라가 서서히 가라앉자 그레인의 눈이 크게 떠졌다.

'사각형?'

기다란 직사각형 모양의 얼음벽 4개가 그녀를 중심으로 하나씩 솟아오르더니, 각자 끝부분이 연결된 사각형을 형성했다.

'사각의 얼음벽이라니. 나이를 감안하면 진짜 수준급이로군. 냉기의 구현 방식에서 나보다 한 단계 앞서 있기도 하고.'

각자가 소유한 힘을 가장 효율적으로 발휘하기 위한 과정은 여러 가지가 있지만, 냉기에 한해 크게 두 가지로 압축된다.

그레인과 베스티나를 가르친 멜린다가 누누이 강조했던 감정의 억제가 그 첫 번째.

그다음, 냉기의 가장 안정된 형태라 일컬어지는 육각형이 바로 두 번째.

냉기를 육각형에 가깝게 구현할수록 더욱 강해진다.

'그에 비해서 나는……'

왼손에 냉기를 집중시킨 뒤, 얼음의 이미지를 떠올렸다.

손바닥 위로 솟아오른 3개의 작은 얼음판을 위에서 내려다

보니 정확한 삼각형이었다.

'직접 비교해 보니 내 부족함이 처절하게 실감되는데.'

물론 현재의 그레인도 다른 수련생들보다 월등히 앞서는 실력이지만, 베스티나 앞에서는 부족하게 느껴졌다.

그레인은 그녀가 냉기를 구현하는 과정을 하나하나 꼼꼼히 살펴봤다.

단검을 이용해 접근전을 펼치면서 냉기를 활용하는 자신과 달리, 그녀는 소위 마법사라 불리는 부류에 거의 부합하는 방식으로 냉기를 구현 중이었다.

'그런데 진짜 저 복장은 보는 쪽에서도 춥게 느껴질 정도야.'

말도 나누지 않고 몇 번 스쳐 지나갔음에도 그녀의 인상이 그레인에게 짙게 남은 이유 중 하나였다.

날씨와는 전혀 어울리지 않는 굽 있는 샌들, 발가락과 발뒤꿈치가 드러난 흰색의 긴 양말, 그리고 양옆으로 허벅지 위까지 이어진 긴 슬릿으로 그레인의 시선이 차례대로 옮겨갔다.

차가움을 느끼지 못하는 육체이기에 베스티나의 복장은 다른 수련생들에 비해 노출이 많았다. 고지식한 교관들이 몇 번 지적했지만, 실력이 워낙 뛰어나고 그 외의 규율을 어긴 적은 한 번도 없었기에 결국 그녀의 복장에는 변화가 없었다.

'이런, 옷차림에 신경 쓸 때가 아니잖아.'

그레인은 고개를 저으며 본능에 이끌린 자신을 탓했다.

'그나저나 저 나이에 이 정도라니. 수십 년을 수련한 마법사들을 뛰어넘을 실력이로군.'

냉기를 다룰 수 있는 하이브리드가 마나를 컨트롤해 냉기로 변화시킬 수 있다는 점에서는 마법사와 그리 큰 차이점이 없다.

물론 역량에 따라 여러 속성의 힘을 다룰 수 있는 마법사에 비해, 자신에게 이식된 한 가지 속성이나 특징을 바꿀 수 없다는 것은 단점일지도 모른다.

하지만 순수한 마법사에 비해 하이브리드가 지니는 장점은 더 많다.

우선은 한 가지 속성만을 갈고닦아 전문성을 추구할 수 있다. 여러 무기보다 한 가지 무기만을 집중적으로 파고드는 식으로.

그리고 자신이 소유한 힘이 스스로를 다치게 만들지 않고, 자신과 동등하거나 그 이하의 힘에 다치지 않는다.

반면 모든 마법은 구현에 있어 시전자를 보호하는 과정을 필수적으로 거친다. 예를 들자면, 마법사가 손바닥에 화염을 형성하게 될 경우 그 화염에 손바닥이 타지 않는 조치를 마법 구현 과정에 반드시 넣어야 한다.

그러나 불의 힘을 지닌 하이브리드라면 그저 화염을 구현하기만 하면 된다.

실제로 예전 생의 그레인이 자주 사용하던 기술은 온몸을 화염으로 휘감은 채 돌진하는 프로미넌스 다이브(Prominence Dive)였다. 일반적인 마법사라면 엄두도 못 낼 방식이다.

"우리 하이브리드들은 직선이야. 반면 마법사들은 곡선이거나, 여러 개로 나뉜 선이 모두 같은 출발선에서 시작한다고 보면 돼. 같은 길이라면 어느 쪽이 더 멀리 뻗어나가겠어?"

멜린다의 설명을 떠올리며 그레인은 고개를 끄덕거렸다.

"흥미롭군."

자신도 모르게 흘러나온 말에 베스티나의 동작이 멈췄다.

"아… 자리를 비킬까요?"

도리탄이 혼쭐난 이후 크루겐 덕분에 서로 알고 지내는 수련생들끼리는 편하게 말하는 분위기가 형성되었지만, 그건 어디까지나 친분이 있는 경우. 자신보다 두 살 많은 그녀의 심기를 거스르고 싶지 않았다.

베스티나는 몸을 돌려 그레인을 응시했다. 다른 이들 앞에서 감정 표현을 잘 안 하는 그레인이었지만, 그녀는 한술 더 떴다. 굳게 다문 입술과 아무런 감정도 담지 않은 얼굴은 차가움 그 자체였다. 서로를 마주 보는 둘 사이에 적막이 흘렀다.

"그레인! 어디 있어? 밥 먹을 시간이라고!"

수풀 너머에서 크루겐의 목소리가 들리자, 베스티나는 천천히 걸음을 옮겼다. 수풀에서 나온 크루겐이 손을 들어 인사했지만, 그녀는 정면만을 바라본 채 스쳐 지나갔다.

베스티나가 사라진 쪽을 바라보며 크루겐은 휘파람을 불었다.

"휘유~ 얼음 공주하고 단둘이 있었다니. 좀 놀랐는데?"

"얼음 공주?"

"저 애의 별명."

"딱 어울리는군."

크루겐은 그레인 옆에 턱 하니 앉으며 가볍게 웃었다.

"쓰는 힘처럼 차갑고, 웃지도 않고, 말도 거의 안 하고, 다른 아이들과 교류도 없고, 미인이라서 붙여진 별명이야."

"왠지 마지막에 가장 초점을 둔 거 같은데?"

"게다가 복장도 시원하지. 본인은 차가울지 몰라도, 저 애가 가슴에 불붙인 남자애들 수두룩할 거다."

발목까지 이어지는 스커트의 길이와 대조적으로, 양옆으로 길게 파인 슬릿은 크루겐의 시선을 잡아두기에 충분했다.

"어째 냉기를 쓰는 여자들은 여기에서 인기가 많은 것 같아. 멜린다 교관도 남자애들 사이에서 제법 인기다? 아, 물론 너야 좀 복잡한 심정이겠지만."

"지금이야 별생각 없어."

그레인은 자신보다 앞서가는 점에서 베스티나의 존재가 신경 쓰였을 뿐, 그 이상 뭔가 하려는 생각은 없었다.

"그러는 너도 만만치 않아. 널 보는 체이니의 눈빛을 보면 모르겠어?"

"나? 말도 거의 안 했는데?"

"베스티나는 뭐 남자애들하고 말 많이 해서 인기 폭발이냐?"

"크루겐, 우리 나이를 생각하자."

"난 18살, 넌 16살. 이성에 한창 불타오를 나이지. 안 그래?"

계속 이어지는 크루겐의 너스레에 그레인의 입에서 피식 웃음이 터졌다.

"아무튼 이번 기회에 다른 애들하고도 좀 어울려 봐. 우리들이야 속은 노땅이지만, 겉은 청춘을 즐겨야 하는 소년이잖아? 항상 진지하게만 굴지 말라고."

크루겐의 권유에 그레인은 천천히 고개를 가로저었다.

"노력은 해보겠는데, 그리 쉽진 않을 거다. 내 성격 잘 알잖아?"

"에구, 알았다, 알았어. 나 먼저 간다."

크루겐이 자리를 뜨자 그레인은 베스티나가 서 있던 자리를 응시했다. 그녀가 남기고 간 서릿발이 바람에 휘날려 멀리 날아갔다.

냉기를 다루는 데 최적화된 성격.

자신의 두 눈으로 직접 확인한 실력 차.

마지막으로, 같은 냉기의 힘이라도 이식된 코어의 차이로 인한 격차.

앞의 두 가지는 노력으로 극복할 수 있다 해도, 코어의 차이만큼은 더 좋은 코어로 다시 이식받지 않는 이상 극복이 힘들다.

'이건 하이브리드가 된 시점부터 베스티나가 앞서갔다는 이야기잖아. 출발점 자체가 달라. 예전에는 반대 입장이었는데……'

어떻게 하면 베스티나를 앞지를 수 있는지 고민하던 그레인은 오른손을 들어 올렸다. 화룡의 어금니가 이식되었던 예전과 달리 지금은 멀쩡하다.

이번에는 왼손을 들어 올렸다.

'잠깐, 나는……'

그레인은 이전 생과 다른 힘인 냉기를 얻었다.

오랫동안 갈고닦았던 화염의 힘과 달랐기에, 그는 자신보다 앞서간 이들의 가르침에 맞추는 게 맞다고 생각했다. 그렇기에 옛 감정을 무시하면서까지 멜린다의 교습을 묵묵히 받아들였고, 자신보다 앞서가는 베스티나의 수련을 지켜봤다.

그러나 그건 최선의 길은 아니었다.

'화염의 힘을 다루는 데 있어서 빠른 성장 방법은 마나의 양을 대폭 늘리는 것이었지. 하지만 냉기를 다루는 데 있어서 우선시된 건, 마나의 섬세한 컨트롤이었어. 그래서 냉철한 판단력이 중요했고, 무의식적으로 마나 자체를 늘리는 거에는 관심이 멀어진 거야.'

화염이냐, 냉기냐를 떠나 두 힘의 근원은 결국 마나.

그레인은 이전 생에서 터득했던 장점을 자신도 모르는 사이 무시하고 있었다는 걸 뒤늦게 깨달았다.

"하아, 나는 진짜 바보 같았군. 나 역시 출발점이 뒤처지진 않았는데."

그는 고개를 숙이고서 인상을 찌푸렸다.

"하지만 늦지 않았어."

다시 고개를 든 그레인의 얼굴에는 미소가 자리 잡았다.

제5장

최고의 수료생

카르디어스 신성력 1396년 12월 10일.

"헉, 헉. 젠장, 마지막에 실수만 안 했다면 내가 이기는 건데."

"휴우, 나야말로 정말 고생했다. 아슬아슬했어."

"쳇, 어쩔 수 없네. 이렇게 된 이상 끝까지 이겨줘."

전신이 땀투성이가 된 두 소년은 서로 어깨동무를 하고서 멋쩍어하는 미소를 지었다.

한쪽은 아쉬움을 곱씹으면서, 다른 한쪽은 다음 대련도 계속 이겨 나겠다는 결심을 하면서 사각의 대련장 밖으로 걸어

나갔다.

그런 그들을 멀리서 바라보는 두 소년이 있었다.

"우리 벌써 이곳에서 2년이나 지냈구나. 시간 참 빨리 지나 갔네."

"그래."

"여기서 제법 많은 걸 배웠지만, 이젠 솔직히 지겨웠던 참인데 잘되었어."

한 달 뒤 19살이 되는 크루겐은 기지개를 켜면서 길게 하품을 했다. 이제 곧 17살을 맞이하는 그레인은 선 채로 양손을 쥐었다 폈다를 반복했다.

"그러니 후딱후딱 빨리 끝났으면 좋겠다. 기다리다 보니 좀이 쑤셔서 이거 원……."

크루겐은 허리춤에 찬 단검 한 자루를 꺼내더니 저글링을 시작했다. 날카로운 검날이 허공에서 회전하며 아슬아슬한 곡예를 이어나갔다.

둘이 있는 탑 1층에 위치한 대강당에는 수련생과 교관들 전원이 모여 있었다.

"그러면 케이트, 발락, 제2대련장으로."

교관의 지시에 두 명의 수련생이 각자 무기를 들고 대련장 안으로 들어갔다.

벤트 섬에서 2년 넘게 진행된 하이브리드의 교육 과정이 오늘로서 끝나고, 마지막으로 수련생 전원의 실력을 판가름하기 위해 모두가 참가하는 대련이 진행 중이었다. 이긴 자들끼리 계속 대련을 펼쳐서 최후의 1인을 가리는 일대일 대련을 맞이하는 수련생들의 마음가짐은 평소와 확연히 달랐다.

무기와 하이브리드의 능력 사용이 모두 허락된 대련은 그 어느 때보다 진지하고 격렬했다.

그레인과 크루겐을 제외한 다른 수련생들의 표정은 한결같이 경직되어 있었다. 그들은 대강당에 설치된 네 곳에서의 대련을 지켜보며 자신의 다음 상대가 누구일지 기다리는 중이었다.

"다음은 그레인, 보르카. 제3대련장으로."

그레인은 허리에 찬 장검에 살며시 손을 가져갔다가 떼고, 대신 등에 찬 두 개의 단검 중 하나를 검집에서 꺼냈다.

"오, 네 차례네."

"귀찮으니 단숨에 끝내겠어."

평소와 다를 바 없이 무뚝뚝한 얼굴로 나선 그레인에 비해 보르카는 긴장한 티가 역력했다.

이전에 몇 차례 그레인과 대련을 해봤지만, 제대로 된 공격조차 해보지 못하고 제압당하기만 했다. 눈이 서로 마주친 것만으로도 양손으로 움켜쥔 검 끝이 심하게 떨리고 있었다.

'아무래도 도망만 다닐 것 같군. 괜히 쫓아다니는 데 힘 빼

긴 지루해. 그렇다면……'

그레인의 시선은 보르카가 아닌 뒤에 있는 벽을 향하고 있었다.

"시작!"

교관의 신호가 떨어지기 무섭게 그레인은 몸을 숙이면서 왼손에 쥔 단검으로 바닥을 찍었다. 그러자 단검에 머물렀던 냉기가 지면을 타고 보르카를 향해 직선으로 퍼져 나갔다.

"어, 어?"

보르카는 순식간에 생긴 빙판 위에서 균형을 잡지 못하고 비틀거리다가 미끄러지며 엉덩방아를 찧었다. 그레인은 빈틈을 놓치지 않고 오른손으로 보르카의 멱살을 움켜쥐더니 벽을 향해 죽 미끄러졌다.

"크헉!"

'쿵' 하는 소리와 함께 보르카는 벽에 처박혔다. 시야가 아래위로 크게 흔들리면서 정신이 혼미해졌다.

"미안. 아팠겠군. 더 할까?"

어느새 그레인의 단검 끝이 보르카의 코에 닿을락 말락 할 정도로 가까웠다. 단검에서 흘러나온 냉기가 하얀 연기가 되어 그의 얼굴을 서서히 뒤덮었다.

"내, 내가 졌어!"

보르카는 눈을 크게 뜨고서 고개를 좌우로 빠르게 저었다.

그레인은 단검을 거두고 대련장 밖으로 천천히 걸어 나왔다. 크루겐이 저글링하던 단검이 그의 발 앞에 툭 떨어져 있었다.

"보르카 녀석, 기가 팍 죽었네. 너무 빨리 끝냈잖아!"

"그랬던가?"

"그래도 네가 가진 힘과 잘 어울렸어. 짧고 날카로웠거든."

결사대원 시절, 전신에 화염을 휘감고 돌격하던 예전의 이미지와는 확실히 달랐다.

"다음 차례는 조든, 크루겐. 제1대련장으로."

"이번에는 내 차례네. 너보다 빨리 마치고 올게."

크루겐은 단검을 높이 휙 던지더니 등 쪽으로 내민 손으로 받아내며 미소를 지었다.

*   *   *

이른 아침부터 시작된 대련이 저녁까지 계속 이어지며 탈락자가 속출했다.

부상을 입고 도중에 탈락한 수련생들은 응급조치를 받은 뒤 각자의 방으로 돌아가도 좋다고 허락받았지만, 단 한 명도 대강당을 떠나지 않았다. 비록 자신이 최정상에 서지 못해도 그 자리를 누가 차지할 것인가를 두 눈으로 직접 보고팠기 때문이다.

"젠장, 이곳이 어두웠다면 너와 내가 마지막으로 겨뤘을 텐데 말이야. 좀 아깝다."

크루겐은 왼쪽 어깨에 감긴 붕대를 어루만지며 투덜거렸다. 어둠이 있어야 하이브리드로서의 힘을 최대한 이끌어낼 수 있는 크루겐의 입장에서는 이제야 저물어 버린 해가 원망스럽기만 했다.

반면 그레인은 오른쪽 뺨과 왼쪽 손등에 살짝 베인 상처 외엔 깔끔했다.

"그래봤자 벽에 횃불을 걸어 대련장을 밝혔을 텐데?"

"아차, 일이 이렇게 꼬일 수도 있구나! 젠장!"

결국 크루겐은 4강 문턱을 넘지 못하고 관람자가 되어야 했다.

"남은 건 네가 1등을 하는 것밖에 없네."

"1등이라……."

이번 대련에서 최후의 1인으로 남는 수련생에게는 교단의 성지에서 일할 기회가 주어진다고 대련 시작 전에 이스트라가 공언했다.

각자 2년간 힘을 키우며 바깥세상으로 나가기만을 기다리던 그들은 보다 높은 위치로의 도달을 갈구했다. 대부분 고아나 길거리의 아이, 혹은 가난한 집안 출신이었기에 단번에 성지로 향하는 것은 꿈이나 다름없다.

하지만 그레인에게 성지행은 단순한 특혜 이상의 의미를 지닌다.

중심부로 당당하게 들어가 이전 생에 밝혀내지 못했던 교단 내의 비밀이나 계획 등을 파헤칠 수도 있다. 조직 내의 높은 위치로 오른 뒤, 교단의 뒤통수를 치는 식의 복수도 가능하다.

그러나 주목이라는 이름의 감시 속에서 자유롭게 움직일 수 있느냐에 의문이 들었다. 게다가 예전의 동료들을 일찍 만나기 위해선 어느 한곳에 머무르기보다 대륙을 떠도는 편이 훨씬 낫다는 판단으로 이어졌다. 그레인이 지금의 크루겐을 만난 것처럼.

"글쎄, 상대가 얼음 공주인데?"

"아, 그랬지."

"널 이긴 상대를 벌써 까먹었어?"

"현실 도피했다고 여겨줘라. 으으, 생각만 해도 온몸이 움츠려 드는 기분이야."

크루겐이 4강에서 만난 베스티나는 결코 만만한 상대가 아니었다. 20분 넘게 그녀의 냉기에 압도당했던 크루겐은 결국 어깨에 부상을 입고 포기해야 했다.

"그래도 네가 진짜 실력을 드러낼 때에 비하면 덜 추웠지. 그래서 더 아쉬워. 젠장, 역시 빛 따윈 있어봤자 아무런 소용

없……"

"베스티나도 진짜 실력을 드러내지 않았다면?"

"야, 제발 내 기분도 좀 생각해 줘라."

크루겐은 툴툴거리며 입술을 삐죽 내밀었다.

56명의 수련생 중 그레인의 존재감과 실력은 단연 돋보였지만, 교관들 사이에서 최고라 인정받는 이는 따로 있었다.

냉기 그 자체라 일컬어지는 베스티나.

10개월 전, 그레인은 냉기의 힘을 다루는 영역에서 베스티나보다 확실히 뒤처져 있었다. 자신보다 앞서간 베스티나의 뒤를 쫓아 그레인은 발전에 발전을 거듭했지만, 그녀 역시 앞으로 나갔을 게 뻔하다. 둘 사이의 간격이 더 넓어졌는지 좁혀졌는지, 아니면 반대로 그레인 쪽에서 앞서갔는지는 이번 대련에 달려 있었다.

'과연 내가 도달한 영역에 저 애도 발을 디뎠을까?'

그레인은 단검의 날이 무뎌졌는지 확인하면서 반대편 대기석에 앉아 있는 푸른 머리칼의 소녀, 베스티나를 응시했다.

둘 다 같은 빙룡의 육체를 이식받았지만, 그레인은 비늘이었고, 그녀는 눈이었다.

그레인이 단검을 택한 것과 달리 베스티나의 무기는 마나를 증폭시켜 주는 수정구. 마나를 다루는 게 일정 수준 이상이 아니면 사용하기 힘든 물건이 베스티나의 오른 손바닥 위로 둥둥 떠 있었다. 10개월 전에 비하면 눈에 띄는 성장이었다.

"베스티나, 그리고 그레인. 제1대련장으로."

모두의 침묵 속에서 그레인과 베스티나는 서로를 마주 보며 대련장에 섰다.

단 한 번도 같이 대련해 본 적도, 이야기를 제대로 나눠본 적도 없었고, 이렇게 정면으로 바라보기는 참으로 오래간만이었다.

그리고 회귀 전에는 아예 만나본 적도 없었다. 적으로든, 아군으로든. 혹시나 해서 크루겐에게 물어봤지만 그 역시 마찬가지라고 답했다.

'그때는 미처 몰랐는데, 자세히 보니 확실히 남들과 달라. 정말로 눈동자가 가는 세로 모양이로군.'

그레인의 시선은 자연스레 베스티나의 세로 동공으로 향했고, 그녀는 그의 왼팔에 돋아 있는 비늘들을 주시했다.

"잠깐."

지금까지 말없이 대련을 지켜보던 이스트라가 대련장 안으로 들어왔다. 그는 심판을 보던 교관에게 양해를 구하고 난 뒤 그레인과 베스티나 사이에 섰다.

"잘 들어라. 이건 어디까지나 대련이다. 실전이 아니다. 무슨 의미인지 알겠나?"

"네."

"알겠습니다."

혹시나 발생할 수 있는 불상사에 대한 이스트라의 우려에 둘은 동시에 고개를 끄덕이며 대답했다.

"하지만 여기서 이기면 성지라는 영전은 너희 둘 중 한 명만을 기다리고 있다. 잔말하지 않겠다. 후회 없이 최선을 다해라."

이스트라가 다시 대련장 밖으로 벗어나자, 교관이 오른손을 들어 올렸다.

"시작!"

대련의 시작을 알리는 교관의 외침과 동시에 그레인과 베스티나는 서로 뒷걸음치며 거리를 벌렸다.

'우선은 어느 정도인지 파악부터 해보자.'

4강에서 크루겐을 상대할 때의 실력이 베스티나의 최선이었다면, 자신 역시 진짜 실력을 드러낼 필요 없이 이길 자신이 있었다.

그러나 그 정도로 교관들 사이에서 최고라 인정받지는 않았을 터. 그레인은 베스티나의 '진짜' 실력이 어느 정도인지 궁금했다.

목표는 저 거슬리는 수정구.

그레인은 오른손에 쥔 단검을 빠르게 투척했다.

팅!

투명한 수정구가 냉기를 머금으면서 하얗게 변하더니, 단검을 높이 튕겨냈다. 그레인은 검 자루에 달린 와이어를 잡아당기며 단검을 회수함과 동시에 또 하나의 단검을 아까보다 더 빠르게 던졌다.

하지만 베스티나의 몸에서 뿜어져 나온 냉기가 나선으로 회전하며 베스티나를 휘감았다. 단검을 계속 튕겨내는 냉기 안쪽에서 솟아난 얼음벽이 빛에 반짝거렸다.

'역시… 예전보다 발전을 안 했을 리가 없지.'

그녀를 중심으로 빠르게 솟아오른 다섯 개의 얼음벽이 오각형을 이루며 사방 그 어느 곳에서의 공격도 허용치 않았다.

'사각에서 한 단계 더 나아갔군. 그렇다면 위력은 어느 정도일까?'

얼음벽 안쪽에서 강렬한 냉기가 한곳으로 압축되는 중이었다. 실전이라면 피한 뒤 반격을 선택했겠지만, 그레인은 자신의 냉기로 한번 버텨보기로 결심했다.

그레인의 의지에 따라 냉기가 양팔에 휘몰아쳤다. 왼팔을 뒤덮고 있던 비늘들이 일제히 곤두서면서 견고한 얼음으로 뒤덮였다.

그가 주시하고 있는 대상은, 어느새 사라진 얼음벽 너머에서 날아오고 있는 베스티나의 수정구.

그레인은 얼굴 높이로 들어 올린 양팔을 왼팔이 앞으로 나오도록 교차시켰다. 그레인의 왼팔과 수정구가 충돌하는 순간, 수정구 안에 모여 있던 냉기가 얼음 가시로 변해 사방으로 뻗어나갔다.

"크윽!"

뒤로 살짝 밀려 나간 그레인은 균형을 잡으며 경계를 늦추지 않았다.

"휴우……. 제법 하네."

10개월 전에 겪었던 서늘함이 몸 구석구석을 파고들었다.

'차가워. 그리고 강해.'

그레인은 냉기에 잠시 마비되었던 손가락을 하나씩 펼쳤다가 오므리면서 단검을 고쳐 쥐었다.

그리고 곧바로 서릿발에 감싸인 두 개의 단검을 앞세우고 베스티나를 향해 돌진했다.

"하앗!"

지면을 타고 뻗어나간 베스티나의 냉기가 두 발에 닿기 직전, 그레인은 기합 소리와 함께 높이 뛰어올랐다. 두 개의 단검이 수정구를 쥔 오른손을 노리고 번갈아 가며 크게 휘둘러졌다.

'아쉽군.'

뭔가 베이는 느낌이 들었지만, 베스티나의 폭넓은 팔소매 끝부분이 잘려 나갔을 뿐이었다.

그러나 베스티나와의 거리를 좁힌 이상, 물러설 이유는 없었다. 접근전이야말로 그레인의 장기였으니까.

바로 그때, 차가운 바람과 함께 베스티나의 오른쪽 눈동자가 세로가 아닌 가로로 확 넓어졌다.

"……!"

그레인은 반사적으로 옆으로 피하며 그녀의 시선에서 잽싸게 벗어났다. 하지만 그레인의 오른팔을 뒤덮은 얼음은 그의 것이 아니었다.

'이것이 바로 빙안(氷眼)이로군.'

하이브리드에 이식된 코어는 각자 고유한 '잠재 기술'을 발휘할 수 있게 만들어준다.

베스티나에 이식된 빙룡의 눈이 지닌 잠재 기술이 바로 빙안. 자신의 시야가 닿는 일정 범위 안의 모든 존재를 순식간에 얼려 버리는 능력인 빙안은 상대와의 접근전 자체를 거부한다.

'확실히 접근하기 까다로운 기술이로군. 방심했으면 그대로 당했을지도.'

빙안의 범위에서 벗어나자 그의 오른팔을 뒤덮었던 얼음은 순식간에 녹아 물로 변해 버렸다.

빙안이 만들어내는 냉기는 그 범위 밖으로 벗어날 경우 어는 속도만큼이나 빨리 사라져 녹아내린다는 단점이 있긴 하다.

하지만 그건 그레인이 반사적으로 피했기에 단점이라고 할 수 있는 거지, 실제로 다른 수련생들은 빙안에서 벗어나지 못하고 그대로 패배했다.

크루겐마저도.

'상대의 실력도 대충 파악했으니, 이제부턴 내 방식대로 싸워봐야겠군.'

그레인은 뒷걸음질하며 베스티나와의 거리를 천천히 벌렸다. 그런 그레인을 베스티나는 따라가지 않고 제자리를 지켰다.

'그러면……'

그레인은 몸을 살짝 숙인 자세로 앞으로 달려갔다. 냉기를 왼손에 모으면서, 아까 몸으로 직접 익혔던 빙안의 유효 범위 근처까지 달려갔다.

'바로 지금이야!'

베스티나를 향해 빠르게 달려가던 그레인이 높이 뛰어오르며 왼손을 들어 올렸다. 그레인이 공중에 뜬 상태에서 손을 높이 들어 올리자, 그 위로 냉기가 결집하더니 길고 날카롭지만 울퉁불퉁한 형태의 얼음 창이 형성되었다.

하지만 얼음 창의 중심 부분은…….

"육각?"

냉기가 구현할 수 있는 가장 완벽한 형태 중 하나.

육각뿔 형태로 구현된 얼음 창을 보자, 평정을 유지하며 대련에 임하던 베스티나의 얼굴에 처음으로 동요가 일었다.

"저 둘, 자네 담당이었지?"

"네……."

"어떻게 된 일인가? 베스티나는 그렇다 치더라도, 그레인의 냉기 구현은 도대체가……. 내 눈이 잘못되었나?"

"저, 저도 당황스럽습니다."

이스트라와 멜린다는 한창 진행 중인 그레인과 베스티나의 대련을 지켜보며 경악을 금치 못했다.

"얼마 전 확인한 바로는 그레인의 냉기 구현은 사각형이 한계였습니다. 사실 저 나이에 그것만으로도 대단하죠. 그런데 지금은 육각이라니, 보고도 못 믿겠습니다."

한 달 전, 베스티나가 냉기를 오각형으로 구현하는 데 성공하자 멜린다는 물론 탑 내 모든 교관이 기뻐했다. 지금 진행 중인 대련에서 1등을 차지할 거라 믿었고, 그건 그레인을 상대하기 전까지 변함없었다.

"정말 강해. 강한데, 뭔가 이상해."

"저렇게 엉망진창으로 냉기를 구현하는데도 강할 줄이야……. 어? 저 애, 저렇게 마나가 넘쳐났나?"

사제지간이기도 한 두 남녀는 예상과 완전히 벗어난 제자들의 대련에 주목했다.

베스티나의 냉기를 그레인이 어떻게 극복하며 싸우느냐를 기대했던 두 교관의 예상은 시간이 흐를수록 빗나가기만 했다.

"원래는 베스티나 쪽이 앞서갔지?"

"네, 이식된 코어의 질 자체부터 베스티나가 높았고요. 그것만으로도 그레인이 베스티나를 따라잡는 건 진짜 힘든 일이에요. 그런데… 도대체가 믿기 힘들군요."

그레인이 구현한 냉기는 섬세함과는 거리가 멀었지만, 그 이상의 강력함으로 베스티나를 몰아붙이는 중이었다.

"그래요! 그레인은 마치… 화염의 힘을 쓰는 것처럼 냉기를 다루고 있어요!"

"아, 그래서였군. 어쩐지 낯설면서도 묘하게 눈에 익었다 싶었더니만, 이제야 쉽게 이해가 가."

"이제 보니 체내에 마나를 압축해 놨었군요. 이건 화염의 힘을 다루는 애들이 주로 익히는 방법인데……. 아, 왜 이제까지 못 알아챘지? 이런 경우는 처음 봐요."

"나 역시 마찬가지네. 자네에게 실례일지 모르겠지만, 지금의 그레인을 상대로 이길 자신이 있는가?"

"저런 식으로 난전을 유도하는 상대에게는 솔직히… 이길 자신이 없네요."

실전 경험보다 교육자나 연구자로 보낸 시간이 더 긴 멜린다는 어깨를 축 늘어뜨렸다.

*　　　　*　　　　*

휘이잉.

서로 다른 두 개의 냉기가 휘몰아치며 상대의 영역에 밀리고 밀어내기를 반복했다.

"헉, 헉……."

베스티나의 입에서 뿜어져 나오는 거친 숨이 하얀 김으로 변해 허공에서 사라졌다. 반면 맞은편에 서 있는 그레인의 호흡은 조금도 흐트러지지 않았다.

'당황했군. 그야 당연하겠지.'

냉철한 마음가짐이 냉기를 효율적으로 다루는 주요 수단임은 분명하다.

하지만 그레인에게는 베스티나가 가지지 못한, 그를 가르쳤던 멜린다에게도 없는 장점이 있다.

20년에 가까운 기간 동안 하이브리드로서 살아왔고, 피가 난무하는 전장 속에서 마지막까지 살아서 버틴 경험.

그것을 바탕으로 그레인은 자신에게 최적화된 수련을 진행했다. 다른 사람에겐 한 시간에 불과한 기간을 몇 배에 달하는 시간처럼 효율 높게 쓸 수 있었다. 그 결과 10개월이라는 기간은 베스티나와의 간격을 줄이고, 오히려 그녀를 추월하기에 충분한 시간이었다.

냉철함에 매달리지 않고 마나의 양 자체를 대폭 늘리는 쪽으로 방향을 선회한 결과였다.

'확실히 같은 길이라면 여러 각도로 삐뚤빼뚤 꺾인 것보다 직선이 멀리 나가지.'

그레인은 냉기를 머금은 두 개의 단검을 동시에 투척했다.

베스티나는 몸을 숙이며 잽싸게 피했지만, 단검과 이어진 와이어를 통해 추가로 전달된 냉기가 그녀의 눈앞에서 폭발했다.

'하지만 그렇게 엉망진창으로 보이는 선이라고 해도 그 길이를 두 배, 세 배 이상 증폭시킨다면 절대 직선에 뒤처지지 않아. 정반대 방향으로 가지 않는 이상.'

화염은 일정한 형태를 띠지 않는다. 활활 불타오르는 이미지는 정지되지 않고 역동적이다.

그렇기에 화염을 구현하는 데 있어서 필수적인 요소는 마나양 자체의 성장. 불꽃은 항상 움직이기에, 냉기에 비해 확연히 많은 마나의 소모가 뒤따른다.

그리고 그레인은 20년 가까이 불을 다루면서 마나를 빨리 성장시키는 법을 터득해 왔다.

"크윽!"

폭발에 밀려 나간 베스티나의 몸이 휘청거렸다. 산산이 부서진 얼음 조각이 사방에 흩날리며 빛에 반짝거렸다. 빙안은 그레인이 진짜 실력을 드러낸 이후부터 중단되었고, 냉기를 사용하는 데 있어서 크게 영향을 미치는 냉철함이 그녀에게서 서서히 사라지는 중이었다.

'나는 틀리지 않았어.'

베스티나를 만나 깨달음을 얻은 이후, 그레인은 홀로 수련할 때는 철저하게 자신만의 '예전' 방식을 고수했다.

하지만 멜린다에게 개인 교습을 받을 때엔 또 그녀에게 맞춰 수련했다. 왜냐하면…….

'그래도 같은 길이라면 지그재그보다 직선이 멀리 나간다는 점은 불변이니까!'

여러 방향으로 뒤틀리며 제멋대로, 하지만 빠르게 성장하는 곡선을 직선으로 다듬는 과정이 필요했기 때문이다.

"어설픈 육각형과 정교한 오각형 중 어느 쪽이 강하냐고? 그야 육각형 쪽이야. 하지만 그렇게 하면 훨씬 더 많은 마나가 소모되고, 많은 경험을 필요로 하지. 마나가 더 필요한 방식은 당연히 비효율적이잖아? 너, 혹시 대충 육각 형태로 냉기를 구현할 생각이라면 당장 관둬. 정석대로 가라고, 정석대로."

자신만의 경험과 멜린다의 가르침.

이 두 가지에 따라 그레인이 내린 결론은 어설프더라도 냉기를 육각형의 형태로 구현한 뒤, 압도적인 마나양과 경험을 바탕으로 보충한다는 발상이었다. 예전 화염의 힘을 사용했을 때와 비슷하게.

팅!

그레인은 대각선으로 교차시킨 한 쌍의 단검으로 수정구를 막아내더니 위로 튕겨냈다.

그러자 베스티나는 중단했던 빙안을 다시 발동시키며 그레인을 응시했다.

'역시 그 수밖에 없었겠지?'

그레인은 물러서지 않고, 반대로 빙안의 범위 안으로 뛰어들었다. 그의 왼팔이 얼어붙으면서 서서히 느려졌지만, 그녀의 목에 갖다 대는 것만으로도 승리를 얻을 수 있다.

하지만 그보다 먼저, 산산조각 나버린 검날이 바닥에 후두두 떨어졌다. 계속 수선해서 써온 단검이었지만 얼었다가 녹기를 반복한 결과, 바로 이 순간 두 자루 모두 수명을 다했다.

"더 하겠습니까?"

그러나 이것 역시 그레인의 계산에 들어가 있었다. 검 자루만 남아버린 두 자루의 단검이 아래로 툭 떨어졌다. 그와 동시에 그레인은 허리 오른쪽에 차고 있던 장검을 잽싸게 뽑아 베스티나의 목에 겨누었다.

"…내가 졌다."

베스티나는 빙안을 중지하고 두 눈을 지그시 감았다.

그레인은 미소를 지으며 검을 거두었다.

'고맙군. 네가 없었다면 난 지금처럼 강해지지 못했을 거야.'

강함은 결국 비교 대상이 있어야 제대로 평가될 수 있다.

만약 베스티나가 없었다면 다른 이들보다 앞서가는 선에서 만족했을지도 모른다.

하지만 베스티나와 자신을 비교하며 충고해 준 멜린다가 있었기에, 결국 베스티나가 이곳에 있었기에 그레인은 강해질 수 있었다.

물론 이걸 입 밖으로 표현한다면 지금 상황에선 비아냥으로밖에 안 들릴 터이니 마음속으로만 생각했다.

"그레인, 정말 대단하구나!"

대련장 안으로 뛰어 들어온 멜린다는 믿을 수 없다는 표정을 지었다.

"그런데 이런 실력을 갖추고도 왜 티 한 번 내지 않았니? 엄청나게 늘어난 마나는 또 뭐고?"

"그야 이런 식으로 냉기를 썼다간 꾸중만 들을 거 아니겠습니까? 가르침과는 정반대되는 방향이니까요."

그레인이 반문하자 멜린다는 할 말을 잃었다.

"훌륭했다."

멜린다 옆에 선 이스트라는 박수를 치며 그레인을 축하해 줬다.

"비록 정석에서 벗어났지만 강해지는 법은 개개인마다 다른 법이니 문제없다. 그러면 1등을 했으니 약속대로… 흐음……."

이스트라는 하려던 말을 중단하더니 말꼬리를 흐렸다.

그레인은 그의 속뜻을 파악하고서 가볍게 미소 지었다.

"아, 그 특혜 말입니다. 다른 걸로 바꿀 수 없겠습니까?"

"뭐?"

"성지로 가는 건 베스티나에게 양보할 테니, 그 대신 저와 크루겐을 같은 곳으로 배속시켜 주십시오."

전혀 예상 밖의 발언에 침묵을 지키던 멜린다가 끼어들었다.

"그레인! 네가 아직 어려서 잘 모르는 것 같은데… 성지! 성지라고! 다른 사람들은 가고 싶어도 못 가는 곳이야!"

"아무튼 전 성지에 갈 생각은 없습니다. 그렇게 알아두십시오."

말을 마친 그레인은 가볍게 인사한 뒤 대련장을 벗어났다.

"짜식! 해냈구나!"

크루겐이 오른손을 들어 올리자, 그레인 역시 오른손을 들어 올리며 손뼉을 마주쳤다.

"그런데 정말 성지로 안 갈 거야?"

"내 나름대로 생각해서 결정한 일이야. 번복할 생각은 없어."

"나야 너와 함께 있으면 좋긴 하지만, 이러다가 우리들을 사귀는 사이로 알겠다. 좀, 아니… 많이 억울한데?"

크루겐은 자신들을 바라보는 수련생들의 묘한 시선을 느끼면서 울상을 지었다.

그렇게 두 소년이 대강당 문을 열고 밖으로 나가자, 다른 수련생들도 뒤따라갔다.

"……."

믿을 수 없는 패배에서 벗어나지 못한 베스티나는 대련장에 우두커니 서 있었다.

그녀의 시선은 바닥에 떨어진 그레인의 단검들을 응시하고 있었다.

*   *   *

다음 날, 수련생에서 수료생이 된 소년 소녀들을 위한 만찬이 대강당에 준비되었다.

각자에게 수료를 축하하는 의미로 유리잔에 담긴 술이 한 잔씩 제공되었고, 모두가 술을 마신 걸 확인한 이후 이스트라는 오늘 하루는 맘껏 즐기라며 탁자를 가리켰다.

온갖 고급 음식이 진열되어 있는 탁자를 향해 아이들은 달려갔고, 화기애애한 분위기 속에서 만찬이 진행되었다. 분위기가 무르익자, 시끌벅적한 가운데 여러 가지 감정이 수련생들 사이에서 교차했다.

드디어 벤트 섬을 벗어나 세상으로 나간다는 사실에 기뻐하는 소년들.

그동안 정들었던 친구들과 헤어짐을 슬퍼하는 소녀들.

앞으로 그들이 걸어갈 새로운 길을 두려움 반, 설렘 반으로 대하는 이들 등등.

언제 다시 만날지 모르기에 수료생들은 조금이라도 함께 시간을 보내기에 여념이 없었다.

그러나 그들과 '다른' 그레인과 크루겐은 마지막 밤을 탑 옥상에서 보내고 있었다.

"내일 출발이라……."

그레인은 벤트 섬으로 온 첫날을 떠올리며 밤바다를 응시했다.

"길고도 짧은 시간이었어."

"이제 여기에서 노닥거리는 것도 마지막이네."

크루겐은 밤하늘을 바라보며 쓴웃음을 지었다.

"우리들은 이번에도 저주에서 벗어났겠지?"

"아마도."

"나중에 확인해 봐야 알겠지만, 저주에서 벗어나냐 마느냐는 체질에 달려 있다고 대장이 그랬으니… 예전과 똑같을 거야. 아니, 똑같지 않으면 곤란해."

만찬을 시작하기 전에 모두 마신 한 잔의 술.

결사대원들은 그것을 '저주의 잔'이라 일컬었다.

하이브리드를 영원히 교단에 종속시키기 위한 수단인 저주의 잔. 그리고 그것이 통하지 않는 이들이 모여서 결성된 것이 바로 100인의 결사대였다.

"밖으로 나가면 옛 동료들과도 만날 수 있겠지. 이번에는 몇 명이나 모일까?"

이전 생과 달라진 시간 속에서 그레인은 오래간만에 옛 결사대원들을 떠올렸다.

모두 하이브리드가 되는 운명을 또다시 택하진 않았을 것이다. 어쩌면 회귀했다는 기억만을 간직한 채 보통의 인간들 사이에 숨어 사는 이들도 존재할 것이다.

그렇게 예측만이 뇌리에 감돌자 머릿속이 혼란스러워졌다.

"한 가지 확실한 것은, 우리가 알던 과거와 이번 생의 과거는 서로 달라졌다는 거야. 안 그래?"

"우리들의 과거가 예전과 달라진 건 아무래도……."

그레인은 말끝을 흐리더니 시선을 위로 향했다.

변화된 시간 속에서도 달만큼은 변함없이 어둠 속에서 은은하게 빛나고 있었다.

"그때의 30명 중 우리들보다 이전의 과거로 회귀한 사람 때문일 거다. 특히 가장 이전 시점으로 돌아간 누군가가 가장 크게 영향을 끼쳤을 거고."

"너도 그렇게 생각했구나. 하긴, 그거 말고 딱히 짐작되는 바도 없으니까. 하나도 아닌 여러 명이 한꺼번에 과거로 돌아간 시점에서 이전과 똑같은 역사가 반복될 거라 생각하지도 않았지만. 아, 점점 골치 아파지네."

크루겐은 맞장구를 치며 뒤통수를 벅벅 긁었다.

"그래도 저주를 피할 수 있느냐 없느냐까지 변하지는 않겠지?"

"그래서 말인데… 크루겐, 지금이라도……."

"너, 설마 저주의 잔에 대해서 다른 아이들에게 알릴 생각하는 건 아니겠지?"

크루겐의 물음에 그레인은 침묵을 지켰고, 크루겐의 표정은 심각하게 변했다.

"그레인, 우리들은 죽기 전까지 공유해야 하는 비밀이 있다는 걸 잊지 마."

"알고 있어."

"어차피 저주를 피하느냐 마느냐는 우리들 손에 달려 있지 않잖아. 태어날 때부터 정해진 운명이라고. 지금의 우리들로서 해결할 수 있는 성격의 문제도 아니고."

크루겐은 열쇠에 달린 끈을 검지에 걸치고 빙빙 돌렸다.

"그러니 너무 고민하지 말고 우선은 섬을 나간 이후의 일에 대해서 고민하는 쪽이… 쉿!"

크루겐은 오른손 검지를 입으로 가져가며 말을 멈췄다. 그의 오른쪽 귀가 어둠 속에서 살짝 움직였다.

"누가 올라오고 있어."

그레인에게는 들리지 않았지만 어둠 속에서 모든 감각이 몇 배로 증폭되는 크루겐의 귀에는 누군가의 발소리가 선명하게 들렸다.

문이 열리자 크루겐은 의외라는 표정으로 문 너머를 쳐다봤다.

"베스티나?"

허리까지 내려온 푸른색의 머리카락이 밤바람에 휘날렸다.

"나에게 용건이 있을 리는 없겠고… 그러면 난 자리를 비켜줄게."

크루겐은 잽싸게 문밖으로 나가더니 일부러 소리가 나게 문을 닫았다. 물론 더 이상 내려가지 않고 두 사람의 대화를 엿들을 생각이었다. 만약의 경우, 그가 고안하고 아직은 써보지 않은 능력을 발휘할 준비를 하고서.

막상 베스티나는 그레인과 단둘이 남게 되자 당황한 기색이 역력했다. 시선도 한곳에 고정되지 않고 주변을 두리번거리기만 했다.

"밤바람이 제법 춥군요. 용건만 간단히 말해주시길 바랍니다."

둘 다 이 정도의 추위는 느끼지 못하는 몸임에도 그레인은 일부러 '그렇게' 말했다.

"왜……."

"왜?"

"너는 왜 성지로 가는 길을 양보했지?"

베스티나의 목소리는 그레인의 예상보다 부드러웠지만, 무표정한 평소와 달리 얼굴에 분노가 살짝 어려 있었다.

"나는 너에게 졌다. 그리고 난 너에게 뭔가 양보받을 만한 은혜를 베푼 적도 없었다."

"서로 말을 주고받는 것도 이번이 처음이고요."

"그런데 왜 나에게 양보했지?"

"설마 성지로 갈 사람이 이미 정해졌다는 걸 모르고 저에게 물어본 건 아니겠죠?"

"그, 그건……."

그레인의 지적에 베스티나는 움찔하며 입을 다물었다.

이식받은 코어의 수준, 교관들의 평가 등등에서 베스티나는 그레인을 앞섰다. 바로 마지막 대련 전까지만 하더라도.

그래서 교관들은 성지로 보낼 1인을 미리 결정했고, 성지 쪽에 이미 통보한 터였다.

"앞서 결정된 일 가지고 괜히 교관들 귀찮게 하고 싶지도 않았고, 성지는 저에게 그다지 매력적인 곳은 아니어서요."

무엇보다 하이브리드가 되기 위해 코어를 이식받을 당시 그레인의 행동이 문제였다.

아무리 고통 때문이라 해도 교황을 공격하려 한 짓은 용납될 수 없었다. 교황 본인은 개의치 않았지만, 그레인만은 성지로 받아들일 수 없다는 평가를 교단의 수뇌부들이 예전에 내렸을 터였다.

"그리고 이왕 여길 떠나는 거, 친구와 같이 가고 싶어서요."

"단지 친구와 함께 있기 위해서? 난 이해할 수 없다."

그녀는 목소리와 달리 딱딱한 어투를 계속 이어나갔다.

"흐음, 하나 물어봐도 괜찮을까요?"

"무엇을?"

"여기서 친구 한 명도 못 사귀었죠?"

"……"

"그러니 제 선택을 이해하지 못할 겁니다. 다른 이유도 있지만 그걸 굳이 설명할 이유는 없고요."

성지로 간다면 다른 수료생들보다 훨씬 빠르고 편하게 위로 올라갈 수 있음은 분명하다.

하지만 위로 향하는 길은 하이브리드로서의 능력만으로 열리지 않는다. 베스티나에 비해 덜할 뿐이지, 그레인은 남들과 쉽게 어울릴 수 있는 성격은 결코 아니다. 인맥을 쌓으며 교단내에서 중추적인 위치에 올라서기엔 그레인으로선 무리다.

'무엇보다 내가 출세하려고 교단에 있는 것도 아니니…….'

그렇다면 차라리 자신의 모자란 부분을 보충해 줄 수 있는 크루겐과 함께 다니는 쪽이 훨씬 낫다고 그레인은 판단했다. 또한 뿔뿔이 흩어져 있는 옛 동료들을 만나기 위해선 성지에 갇혀 지내기보단 대륙을 돌아다니는 편이 낫다.

자기 자신을 바꿀 수 없다면, 자기 자신의 한계 역시 확실히 인식해야 한다. 할 수 있는 건 확실히 하고, 할 수 없는 건 과감히 포기하거나 다른 이들에게 맡겨야 한다.

그것을 깨달은 그레인은 성지에 대한 미련 따위는 조금도 남아 있지 않았다.

'그런데 정말 어색하군. 크루겐에게 친구 좀 사귀라는 말을 듣는 입장에서 반대로 친구 없냐고 말하려니…….'

그레인은 쓴웃음을 지으며 베스티나를 바라보았다. 나름 해명은 했지만 그녀는 아직 더 물어볼 것이 남아 있는 눈치였다.

"너는 나와 크게 다르지 않다고 생각했다. 성격은 물론이고 냉기를 추구하는 방식에서도."

"원래 냉기를 다루려면 그렇게 해야 하죠."

"그런데 어제 보여준 너의 냉기는 나와 너무 달랐다."

"의외로 저에 대해 잘 알고 있군요."

"그, 그건……."

"뭐, 그거야 같은 교관에게 교육을 받았으니 나에 대해서 들었겠죠."

머뭇거리는 베스티나 대신 그레인이 먼저 대답하고서 문 쪽으로 걸어갔다. 성지행을 양보한 것 외에도 더 이야기하고 싶었지만, 크루겐을 오래 기다리게 만들 수는 없었다.

"그레인!"

베스티나가 처음으로 '너'가 아닌 이름으로 자신을 칭하자, 문을 열려던 그레인은 동작을 멈췄다.

"넌 분명히 예전보다 강해졌어. 그리고… 나보다도."

자신도 모르는 사이 그레인보다 뒤처졌음을 인정하는 그녀의 말끝이 미세하게 떨렸다.

"하지만 그건 내가 추구하던 방향과 전혀 달라. 내가 틀렸던 건가?"

그레인은 대답하지 않고 내려가려 했지만, 아무래도 대답을 듣기 전까진 계속 집요하게 물어볼 분위기였다.

"강해지는 방법은… 각자 다른 법입니다. 그걸 알기 위해서는 자신이 아닌 타인과의 교류가 중요하죠. 홀로 고민해 봤자 자신이 알고 있는 선에서의 해답만이 나올 뿐이니까요."

"그런 식으로 새로운 방법을 터득한 건가?"

"새롭다고 표현하기엔 좀 애매하네요. 결국 옛날에 하던 대로 하는 게 지금의 제가 택할 수 있는 최상의 선택이라는 걸 깨달았으니까요. 그걸 알게 된 건 당신을 본 이후였죠."

"나를?"

"그 부분에 있어서는 당신에게 고마워하고 있습니다."

그레인은 베스티나의 시야가 닿지 않는 위치에서 살며시 미소 지었다.

인간은 쉽게 변하지 않는다.

그러기에 스스로를 바꾸지 못한다면 자신만의, 기존의 방식을 고수하는 것도 그리 나쁘진 않다. 자신보다 앞서갔던 이의 방식만이 진리는 아니기에.

물론 이는 기존의 방식을 20년 가까이 갈고닦은 그레인이기에, 회귀자이기에 가능한 선택이었지만.

"그래서 말입니다, 다음에 만날 때는……."

그레인은 여전히 뒤돌아선 채로 말을 이어갔다.

"서로 적이 아니었으면 좋겠습니다."

$$*\qquad*\qquad*$$

"누군가?"

"그레인입니다."

문을 열고 안으로 들어간 그레인의 얼굴이 살짝 일그러졌다. 처음 들어가 보는 이스트라의 개인 연구실 안에는 뿌연 연기가 가득했다.

잠들기 직전 이스트라의 호출을 받은 그레인은 방 안을 두리번거렸다. 삭막한 느낌을 제외하면 다른 교관들 방과 별다를 바 없었기에 그레인의 시선은 이스트라로 향했다. 초췌한 얼굴로 술에 여송연까지 입에 물고 있는 모습을 보기는 처음이었다.

"이상한가?"

"카르디어스 교단의 율법에는 음주와 흡연을 금하지 않는다고 들었습니다만."

"잘 알고 있군."

길게 한숨을 내쉰 이스트라는 자신 앞의 빈 의자를 가리켰지만, 그레인은 계속 서 있기를 고집했다.

"정말 성지로 안 갈 작정인가?"

"네."

"마지막으로 묻겠네. 진심인가?"

"애초부터 베스티나를 보내기로 결정하지 않았습니까? 멜린다 교관에게 예전에 들었습니다. 제가 안 되는 이유도 함께."

"그랬군."

이스트라는 반도 태우지 않은 여송연을 탁자에 비벼 껐다.

"아쉬워. 자네라면 성지에서도 역량을 충분히 발휘할 수 있을 거라 생각되는데……."

이스트라는 벤트 섬으로 오기 전, 하이브리드로서 뛰어난 실력을 발휘하던 한 명의 수련생을 떠올렸다. 그러나 그 수련생은 성지행을 거부한 것을 넘어서, 수련 과정 중 탈주를 택해 교단의 손아귀를 벗어났다.

"5년 전 일이니… 그 아이가 벌써 20살을 넘겼겠군."

"네?"

"아니다. 혼잣말이니 신경 쓰지 말도록."

이스트라는 책상 서랍을 열더니, 붕대에 둘둘 감긴 무언가를 꺼냈다.

"멜린다 교관에게 들은 바로는, 장검을 잘 쓰는데도 단검을 사용한다면서?"

"네."

"딱히 이유라도 있나?"

그레인은 등으로 오른손을 가져갔다. 수련 과정 동안 항상 있었던 두 개의 단검이 사라지자 허전한 느낌이 들었다.

"제가 구하지 못했던 영혼이 있습니다."

아딜나.

하이브리드가 될 운명을 타고났던 여인이자, 연인이었던 그녀의 이름을 그레인은 마음속에서 읊었다.

"그걸… 잊지 않기 위해서입니다."

무표정했던 얼굴이 서서히 무너지면서 분노와 슬픔이 그 자리를 대신했다.

"그래, 누구나 말 못 할 사정이란 존재하게 마련이지. 굳이 그걸 파고들지는 않겠다. 그런데 크루겐과 같이 가야 하는 이유라도 있나?"

"친구니까요."

"친구라……."

그레인과 달리 이스트라가 읊은 친구라는 단어에서는 애절한 느낌이 풍겼다.

"그런 너에게 어울리는 선물을 줘야겠군."

이스트라는 그가 꺼낸 물건에 둘둘 감긴 붕대를 천천히 풀어냈다.

"이건 내 개인적으로 주는 선물이니 부담 가지지 말도록."

그레인이 이전에 쓰던 것처럼 한 쌍으로 된 단검.

그걸 본 그레인이 두 자루 중 하나를 쥐고 검집에서 뽑자, 날카로운 검날이 달빛에 반사되어 반짝거렸다.

"소싯적 쓰던 물건이지."

두 자루 모두 뽑아 든 그레인이 고개를 살짝 갸웃거렸다. 양손에 움켜진 검 자루에서 느껴지는 감각이 각자 미묘하게 달랐기 때문이다.

"이거, 원래 다른 사람이 각자 쓰던 물건 아닙니까?"

"눈썰미가 좋군. 원래는 나와 내 친구가 한 자루씩 쓰던 거였다. 이걸 쓰던 친구는 '트윈 엣지'라는 이름으로 불렸지. 이전에 네가 쓰던 것보다 훨씬 좋으니 망가질 걱정 따위 안 해도 된다."

검날을 좌우로 돌리던 그레인의 콧속으로 익숙한 무언가가 흘러들어 왔다.

예전 생에 질리게 맡았던 피비린내가 유독 하나의 단검 안에 깊숙하게 배어 있었다. 그럼에도 고도의 마법 처리가 된 덕분에 무딘 곳을 찾아볼 수 없었다.

"이걸 주는 대신 부탁 하나 하겠다. 친구를 소중히 해라."

"알겠습니다."

"그냥 지나가는 말로 하는 게 아니다."

"…네, 명심하겠습니다."

둘은 서로 진지한 표정으로 고개를 끄덕였다.

"널 부른 용건은 이걸로 끝이다. 이만 가보도록."

그레인은 가볍게 인사하고선 자리에서 일어나 뒤돌아섰다.

"이건 안 가지고 가나?"

이스트라는 탁자 위에 남겨진 트윈 엣지를 집어 들고 흔들었다.

"훈련 시간 외의 무기 소지는 금하고 있지 않습니까? 여길 떠날 때 받아가겠습니다."

"자네가 그런 말을 하니 참으로 웃기군. 이제 와 하는 말이지만, 내 앞에서 대놓고 규율을 어긴 수련생은 거의 없었어.

내가 눈치 못 챘을 것 같나?"

"어쩐지 채찍질이 유달리 매섭다 싶더니……."

스승과 제자는 작년에 있었던 작은 사건을 떠올리며 처음으로 웃음을 주고받았다.

문이 닫히자, 이스트라는 의자 등받이에 몸을 기대고서 두 번째 여송연을 입에 물었다.

"그리고 자네는… 두 번째였고."

*　　　*　　　*

"하암……. 아, 졸려 미치겠다."

벤트 섬을 떠나 북쪽 항구로 항하는 배 위에서 크루겐이 길게 하품을 했다.

"들어가서 눈 좀 붙이지그래?"

"아서라. 선실 안으로 다신 들어가고 싶지 않아. 끙끙거리는 애들 보면 나까지 토할 거 같아."

2년 만에 타보는 배여서일까.

대륙으로 항하는 배 안의 수료생 대부분은 극심한 뱃멀미에 괴로워하는 중이었다. 선원들을 제외하고는 갑판 위에서 바닷바람을 쐬는 이들은 그 둘뿐이었다.

"우리들의 쪽지, 제대로 읽었을까?"

"하아암……. 그러길 바라야지."

배가 도착하기 전날 밤, 그레인은 '저주를 피했을지도 모르는' 수료생들을 위해 총 54장의 쪽지를 직접 썼다.

지정된 곳으로 배속된 이후, 너희들은 생사의 갈림길에 서게 될 거야. 고위 사제들 중 소매 안에 황금색 팔찌를 찬 사람들을 만나게 될 텐데, 그들을 조심해. 그들은 '시련'이라는 이름으로 너희를 시험할 거야. 만약 황금색 팔찌가 빛나고 있는데도 몸에 아무런 이상이 없거나 좀 아파도 버틸 수 있을 경우에는 무조건 아픈 척을 해. 땅바닥에 나뒹굴든, 쓰러져서 부들부들 떨든 간에 엄청나게 아픈 척을 해야 해. 그러지 않으면 너희들은 죽음보다 더한 고통 속에서 죽어갈 거야. 믿고 안 믿고는 너희들 자유야.

추신:만약 이 쪽지를 교단 관계자들에게 보여줄 경우에도 앞서 말한 대로 죽음보다 더한 고통 속에서 죽어갈 거야. 어쩌면 우리 모두가 이단 심문관에게 끌려갈지도 모르겠지. 그러니 이 쪽지를 다 읽고 난 뒤에는 태워 버리거나 확실히 없애는 쪽이 좋아.

크루겐은 어둠 속에 몸을 숨길 수 있는 능력을 활용해 어두컴컴한 복도를 오가며 쪽지를 수료생들의 짐 사이에 살짝 집어넣었다.

긴장 속에서 쪽지를 전달한 크루겐은 결국 방으로 돌아오자마자 곯아떨어졌고, 잠이 덜 깬 채 승선을 준비해야 했다.

그레인 역시 피곤하기는 마찬가지였다. 쪽지에 담기엔 너무나 많은 문장을 54번이나 반복해 써야 했고, 필체를 숨기기 위해 오른손이 아닌 왼손으로 글씨를 쓰느라 왼팔 전체가 뻐근했다.

"하아암……. 아무래도 안 되겠다. 선원실에 꼽사리 껴서라도 자야겠어."

크루겐은 연신 하품을 하며 갑판 아래로 내려갔고, 그레인은 왼팔을 어루만지며 수평선을 바라봤다.

'한 명에게라도 도움이 되었으면 좋겠는데.'

그레인은 쪽지를 돌리기 전까지 계속 망설였다. 자칫 잘못하면 자신이 저주가 통하지 않는 육체라는 걸 들킬 수도 있는 위험한 선택이었다.

하지만 자신과 크루겐 외에 있을지도 모르는, 저주가 통하지 않을 다른 수료생을 한 명이라도 구할 수 있기를 바라며 쪽지를 작성했다.

막상 하기로 결심하자 그 전까지 반대하던 크루겐은 자신이 직접 쪽지를 돌리겠다고 나섰고, 혼란을 주기 위해 교관들만 사용하는 잉크까지 몰래 훔쳐 왔다.

'제발 아무도 희생되지 않기를.'

하이브리드들을 앞세워 세상을 공포로 지배하려고 했던 카르디어스 교단.

그들은 자신들이 만들고 키운 하이브리드에 대해 완벽한 지배를 추구했다. 교단이 만든 '저주의 잔'은 하이브리드들로 하여금 반항 자체를 불가능하게 만들었다.

고위 성직자들이 소유한 황금빛 팔찌는 약간의 마나를 불어넣는 것만으로도 하이브리드를 무력화시킨다. 코어를 이식받을 당시의 고통을 되살리게 만듦으로써.

그러나 저주의 잔이 통하지 않는 하이브리드들도 있었다. 그들 중 100명은 결사대원이 되었고, 교단에서 벗어나지 못한 나머지는 더 완벽한 저주의 잔을 만들기 위한 희생양이 되어 버렸다.

같이 수료한 56명 중, 자신과 크루겐을 제외한 54명 중 그때 희생된 하이브리드가 있을지도 모른다는 생각에 그레인은 이렇게라도 그 누군가를 보호하고 싶었다.

그 누군가가 나중에 자신과 같은 편이 될지 아닐지 모른다 하여도.

"아……."

수평선 너머 또 한 척의 배가 모습을 드러내더니 물살을 가르며 그레인의 배를 향해 접근했다.

2년간의 수련을 마치고 세상으로 나가는 배.

다른 하나는 2년간의 고난과 시련이 기다리고 있는 곳으로 향하는 배.

두 척의 배가 평행을 이루며 서로 다른 방향으로 지나갔다.

제6장
능숙한 애송이

코어(Core).

고대 문명이나 신화에 등장하는 마수 혹은 인간이 아닌 존재의 일부를 지칭하는 단어.

대부분 화석의 형태로 발견되며, 그 안에는 상당한 양의 마나와 함께 해당 존재가 지녔던 힘이 잠들어 있다.

신의 힘을 물려받은 성스러운 존재, 성자(聖者)의 수가 해마다 줄어들자 카르디어스 교단은 코어를 통해 성자를 인위적으로 만들어낼 계획을 꾸몄다. 그 과정에서 코어를 이식받은 인간이 생겨났고, 그들은 하이브리드로 불렸다.

교단은 성자를 탄생시키겠다는 원래 목적 대신, 하이브리드를 대량으로 육성하여 세상을 지배하겠다는 야망을 서서히 진행해 갔다. 보통의 인간보다 월등하게 강한 존재만큼 인간의 두려움을 이끌어내는 수단은 드물기에.

그 과정에서 카르디어스 교단은 이교도라는 이유로 타 종교를 짓눌렀다. 신전이나 유적 아래 잠들어 있을지도 모르는 코어(Core)를 독점하기 위해서. 결국 다른 종교들은 자취를 감췄고, 그들의 신단과 유적은 카르디어스 교단에 의해 파헤쳐졌다.

*　　　　*　　　　*

카르디어스 신성력 1397년 1월 15일.

휘이잉.

건조한 바람에 모래가 실려 시야를 뿌옇게 뒤덮었다.

발끝에 걸린 돌조각이 떼구루루 굴러갔다.

바람이 가라앉자 그레인의 시야에 허름한 고대 유적의 입구가 들어왔다. 원래의 순백색에서 은은한 꿀색으로 변한 대리석은 얼마나 많은 시간이 흘러갔는지 대신 알려줬다.

원래 형태를 알아보기 힘들 정도로 부서진 유적 앞에 막사들이 촘촘히 들어섰고, 그 사이로 망치질 소리가 들려왔다.

건장한 체격의 사내들은 각자 일로 바빠 다섯 명의 소년 소녀는 안중에 없었다.

벤트 섬에서 온 수료생들은 그레인과 크루겐.

그리고 북쪽의 또 다른 하이브리드 육성 기관인 키오릭 숲에서 온 세 명.

한 달 넘게 마차를 타고 이동한 그들은 자신들을 이끌어줄 상관을 기다리는 중이었다.

"히익, 정말? 비 내리는 날에 야외 청소를 시켰다고?"

"그래서 수료식 날 전에 그 인간 음식에 장난 좀 쳐놨지. 몸을 배배 꼬면서 화장실을 들락거리는 꼴이 가관이었어."

"어딜 가나 독한 인간은 있게 마련이구나. 이스트라는 아무것도 아니었네."

크루겐은 다른 곳에서 온 세 명의 수료생과 이야기를 나누었다. 자신보다 어린 소년 소녀들이었지만, 같은 수료생들끼리 나이가 무슨 문제냐는 그의 말에 스스럼없이 대화가 진행되었다.

'그때가 아마 18년 전이었던가?'

그레인은 유적을 바라보며 회상에 잠겼다.

아딜나를 맨 처음 만났을 당시 그는 유적 발굴 현장으로 파견을 나가는 중이었다.

하지만 지금 시점으로 따지면 1년 후에 일어날, 정확히는 일어날지도 모르는 일이다.

"넌 몇 등으로 수료했어?"

"응? 등수가 중요해? 4강까지 들긴 했는데."

"대단하네. 나는 8명 안에도 못 들었어."

까무잡잡한 피부가 유달리 눈에 띄는 소녀, 카일라는 크루겐의 실력을 빙 돌려서 물어봤다.

다른 두 명의 소년, 딘과 크리스찬은 둘의 이야기를 듣고만 있었다. 2년간 지냈던 키오릭 숲과 정반대되는 낯선 분위기에 긴장을 풀지 못하고 주변을 계속 두리번거렸다.

"그런데 내 능력 자체가 워낙 특수해서 제 실력을 못 냈지. 여건만 갖춰졌으면 더 위로 갔을지도?"

"그 능력, 지금 보여줄 수 있어?"

"그건 곤란해. 해가 쨍쨍하잖아. 게다가 힘을 쓴 뒤 내 모습을 보게 되면 다시는 말을 걸고 싶지 않을 거야."

크루겐은 얼굴을 보여주기 위해 풀었던 머플러를 다시 둘둘 감았다.

"그러면 그레인은?"

"이 녀석? 그냥 강해."

"이식받은 코어가 그다지 특출한 건 아닌데도?"

카일라는 말없이 서 있는 그레인의 왼팔을 가리켰다.

이번에 육성 기관을 수료한 이들이 하이브리드가 된 지는 이제 겨우 3년 차. 대부분 코어 자체가 지닌 잠재력 이상의 힘을 이끌어내지 못했다.

그레인에게 이식된 빙룡의 비늘은 코어 중에서도 중간 정도. 그렇기에 아직 그의 실력을 직접 보지 못한 카일라로선 평가에 박할 수밖에 없었다.

"그래도 강해."

크루겐은 별다른 설명 없이 같은 말을 반복했다.

실제 현재의 그레인은 강하고, 예전의 그레인은 더욱 강했다.

이전 생의 그레인은 하이브리드로서 엘리트에 속했다. 그가 하이브리드가 될 당시엔 지금처럼 무작위로 고른 아이들에게 코어를 이식하지 않고, 교단 내에서 개발된 탐지 마법으로 하이브리드가 될 수 있는 자들을 고르는 방식이었다.

당시의 탐지 마법으로 확인된 바로는, 코어에 대한 그레인의 적응성은 최상위급.

그래서 그는 가장 상위에 속하는 코어인 화룡의 어금니를 오른팔에 이식받고 다른 하이브리드들보다 앞서갈 수 있었다.

'그때가 18살이었으니, 이제 곧 그 마법이 교단 내에서 개발되겠군.'

어느덧 17살이 된 그레인은 코어가 이식되지 않은 오른팔을 넌지시 바라봤다.

예전 생에 그레인을 가르쳤던 교관은 그를 '선택받은 자'라고 칭했다. 실제로 하이브리드가 되었을 당시의 그는, 이전과는 비교도 할 수 없는 힘을 얻었기에 그 말을 믿어 의심치 않았다.

하지만 시간이 흐르면서 그레인은 진실을 깨달았다.

자신은 '선택받은 자'가 아니라 교단의 '선택된 노예'였음을.

"으, 졸려 죽겠네."

중년 남성이 기지개를 켜면서 그들을 향해 걸어왔다.

법의 대신 낡은 상의와 바지, 마구 헝클어진 머리와 삐죽삐죽 자라난 수염.

벤트 섬에서 봤던 단정한 이미지의 교관들과는 거리가 멀었다.

"내 이름은 던컨. 던컨 프리스빌이다. 성으로 부르든 이름으로 부르든 맘대로 해라."

정작 이름이나 성 뒤에 붙여야 할 경칭을 가르쳐 주지 않아 수료생들은 입을 다물고 있었다.

던컨은 손톱에 때가 잔뜩 낀 오른손 검지로 한 명씩 가리켰다.

"하나, 둘, 셋, 넷, 다섯. 인원은 맞군."

던컨은 수료생들의 얼굴을 한 번씩 스윽 살펴봤다. 그의 눈에는 모두 고만고만한 애송이로만 보였다.

"그레인이라는 놈은 누구냐?"

"저입니다."

"1등으로 수료했다면서?"

"네."

순간 키오릭 숲에서 온 세 명이 눈을 휘둥그레 뜨고 그레인을 쳐다봤다.

"성지로 가는 길을 포기했다면서?"

"네."

"미친놈."

던컨은 땀에 푹 절은 왼쪽 소매를 걷어 올렸다. 신성 문자가 각인된 황금색의 팔찌가 그의 꾀죄죄한 모습과 대조되었다.

'올 것이 왔군.'

그레인과 크루겐은 서로 눈빛을 교환하며 고개를 끄덕거렸다.

"쯧, 이걸 쓰긴 싫은데. 아무튼 모두 고생 좀 해라."

팔찌가 빛을 발하자, 던컨 앞의 다섯 수료생이 일제히 쓰러졌다.

"크… 어억……."

"이, 이건… 으아악!"

"우욱……."

화염의 힘을 얻고 뜨거움을 망각했던 카일라의 전신에 땀이 비 오듯 쏟아졌다.

스톤 골렘의 코어를 이식받은 딘의 양팔이 석화되기 시작했고, 크리스찬은 전신이 날카로운 바람에 베이는 듯한 고통 속에서 비명을 질렀다.

다시는 겪지 않으리라 믿었던, 하이브리드가 되기 위한 이식 과정에서 겪었던 고통이 지금 그들을 덮쳤다.

그레인과 크루겐을 제외하고서.

'으, 춥군. 역시 냉기를 직접 느끼는 건 낯설어.'

수료하기 전에 모든 수련생이 마셨던 저주의 잔에 담긴 저주.

그것은 하이브리드가 되는 과정에서 반드시 극복해야 하는 고통을 되살리는 저주였다.

하지만 그레인은 추운 겨울에 얇은 옷을 입고 나간 것 같은 고통을 겪는 정도였고, 충분히 버틸 수 있었지만 일부러 땅바닥에 쓰러졌다. 저주에 걸리지 않는 육체라는 걸 들킬 경우, 그 자리에서 즉결 처분을 당할 수도 있었기에.

옆에 있던 크루겐은 땅바닥을 마구 뒹굴며 난리법석을 피웠지만, 살짝 들어 올린 오른손 검지를 그레인에게 보여주었다. 저주에 고통받는 척 연기 중이라는 둘만의 신호였다.

"다행이로군. 모두 문제없어."

팔찌의 빛이 사라지면서 그들을 괴롭혔던 고통이 순식간에 사라졌다.

다섯 명은 서로를 부축하면서 힘겹게 일어섰다.

"혹시라도 도망칠 생각이라면 절대 나와 마주치지 마라. 아까 겪었던 고통을 최소 1시간 정도 즐기게 해줄 테니까."

1시간이라는 말에 저주에서 벗어날 수 없는 세 명의 얼굴에 핏기가 싹 사라졌다.

"그래도 여기 생활이 썩 나쁜 편은 아니다. 우선 눈을 감아 봐라."

던컨은 두 눈을 질끈 감은 수료생들 앞을 뒷짐을 지고서 천천히 걸어갔다.

"하이브리드가 되기 전 생활을 떠올려 봐라. 즐거웠냐, 행복했냐?"

다섯 명 모두 망설임 없이 도리질했다.

"하지만 여긴 다르다. 밥 잘 나오지, 잘 곳도 있지, 옷도 주지! 게다가 교단 소속이라면 남들도 알아준다."

이번에는 다섯 명이 동시에 고개를 끄덕거렸다.

"성직자들이 너흴 괄시할지도 모르지만, 최소한 여기에선 그런 일은 없을 거다. 아무튼 여길 도망칠 생각은 마라. 아까 그건 맛보기에 불과해. 나도 이런 힘 따위 다시는 쓰고 싶지 않다. 무슨 말인지 알겠나?"

실제로 예전 생에도 하이브리드를 제압하는 팔찌를 자주 쓰는 사제들은 그리 많지 않았다. 타인을 괴롭히기 싫다는 선의 때문이 아니라, 아무리 훌륭한 제압 수단도 자주 사용되면 효과가 줄어들게 마련이기 때문이다.

궁지에 몰린 쥐는 고양이를 앞에 두고도 덤비는 법이기에.

"자, 눈 뜨고 나를 따라와라."

다시는 떠올리기조차 싫은 고통에 겁먹은 세 명은 입을 꾹 다물고 던컨의 뒤를 따라갔다.

그레인과 크루젠은 둘 다 저주를 피했다는 안도감에 한숨을 내쉬었지만.

＊　　　＊　　　＊

"보다시피 이곳은 이교도의 고대 신전이다. 그중에서도 탐사하기 까다로운 지하 신전이지."

던컨은 지하로 통하는 입구를 가리켰다. 아무것도 보이지 않는 안쪽을 다섯 명 모두 뚫어져라 살펴봤다. 입구 양쪽에는 안에서 파낸 돌과 흙이 한 무더기씩 쌓여 있었다.

"우리들의 목적은 이곳에 잠들어 있는 코어를 찾는 것이다. 너희들에게 이식된 코어도 이곳에서 발굴된 것일지도 모르지."

던컨의 시선이 각자 코어가 이식된 부위에 머물렀다.

'빙룡의 비늘을 가지고도 1등으로 수료라, 재미있는 놈이야.'

유독 그레인의 왼팔을 유심히 쳐다보던 던컨은 가볍게 웃으며 허리 주머니에서 여송연을 꺼냈다.

"문제는 내 몰골을 보면 알겠지만, 꽤 거칠고 힘든 일이라는 것이다. 갓 수료한 애송이들에겐 솔직히 버거운 편이지. 그러니……."

부싯돌로 여송연에 불을 붙인 던컨은 오른쪽으로 걸어가며 막사 사이를 지나갔다.

그의 뒤를 졸졸 따라가던 다섯 명은 또 어떤 고난이 그들을 덮칠지 몰라 긴장한 기색이 역력했다.

'음? 이건 설마……'

근처를 맴도는 파리들을 본 그레인은 반사적으로 오른손 검지와 엄지로 코를 붙잡고, 나머지 손가락으로 입을 막았다.

휙.

던컨이 모포를 걷어내자, 그레인을 제외한 네 명의 표정이 일그러졌다.

"이 정도는 보고 버텨야 한다."

목이 날아간 오우거, 양팔이 절단된 고블린, 세로로 반 토막 난 오크 등등.

발굴 현장을 덮치려다 죽은 몬스터들의 시체였다.

"우……."

"너무 심해……."

팔찌로 인한 저주의 발동이 수료생들의 육체를 괴롭혔다면, 이번에는 정신적으로 심각한 고통을 안겨주었다.

"생각보다 모두 잘 버티는군."

던컨은 여송연을 오른손으로 집어 들고서 길게 연기를 내 뿜었다.

"하지만 그렇게 나오면 재미가 없잖아?"

던컨이 시체 더미를 발로 툭 건드리자, 온갖 벌레들이 한꺼 번에 스멀스멀 꿈틀거리며 기어 나왔다.

"우웨웩!"

딘의 구토를 시작으로, 크리스찬과 카일라가 연달아 토하기 시작했다. 안에 있는 걸 모두 게워냈음에도 그들의 헛구역질 은 멈추지 않았다.

던컨은 구토하는 수료생들을 손가락으로 하나씩 가리켰다.

"너, 너, 너. 이렇게 셋은 한동안 서류와 잡일 담당이다. 요 상태에서 발굴 작업에 투입해 봤자 지하 1층에서 죽을 테니 까."

던컨이 의무용 막사를 가리키자 그들은 입을 틀어막은 채 황급히 달려갔다.

크루겐은 안간힘을 쓰며 구역질을 참는 중이었고, 그레인은 여전히 표정의 변화가 없었다.

평소와 똑같이.

"호오, 이놈 봐라?"

던컨은 멀쩡히 서 있는 그레인을 좌우로 움직이며 살펴봤 다. 두려움을 억지로 참는 것이 아니라, 진짜로 아무렇지 않게 몬스터의 시체들을 바라보고만 있었던 것이다.

"너, 몇 살이지?"

"17살입니다."

그레인이 코를 붙잡은 채로 대답했다.

"그런데도 아무렇지 않아?"

"썩는 냄새만 빼면 그럭저럭 버틸 만합니다."

"그럭저럭? 이야, 도대체 얼마나 못 볼 꼴을 보고 다녔으면 그래?"

"나름 거칠게 살긴 했습니다만."

"개폼 잡긴. 그래도 저놈들보단 확실히 쓸 만해 보여. 이스트라가 신경 써달라고 부탁한 이유가 있었군."

던컨은 왼쪽 소매를 걷어 올리더니, 오른손으로 시체 더미를 가리켰다.

"이제 와서 하는 말이지만, 아까 이걸 보였을 때 만약 두 발로 멀쩡히 서 있는 놈이 있었다면 저 꼴이 되었을 거다."

"……."

그레인은 입을 다물고서 아무런 대답도 하지 않았다.

"뭐, 신고식이라고 생각해라. 아무튼 1등이라! 오래간만에 교단에서 제대로 된 놈을 보내줬군. 기대돼. 하지만 이곳은 벤트 섬이 아니다. 실전 앞에서는 달라질 수 있다는 걸 명심해라. 아, 그리고……."

던컨은 들고 있던 여송연의 재를 떨어뜨리면서 그레인 옆에 있던 크루겐을 가리켰다.

"토하려면 저기 강가로 가서 해라."

"네, 넵!"

크루겐은 양손으로 입을 틀어막고서 부리나케 강가로 달려갔다.

"으… 더 이상은… 우웨엑!"

양손을 바닥에 댄 크루겐의 입에서 반쯤 소화된 음식이 위액과 함께 거침없이 쏟아져 나왔다.

그레인은 안쓰러워하며 크루겐의 등을 두들겼다.

"괜찮냐?"

"우욱……. 이번 생에도 넌 바뀐 게 없구나."

"인간의 시체가 아니라면야."

"정말 독해. 어떻게 저걸 보고 안색 하나 바뀌질 않… 우웩!"

*   *   *

카르디어스 신성력 1387년 1월 18일.

카르파 교(敎).

한때는 대륙 전체에 퍼질 정도의 교세를 자랑했지만, 모든 종교가 그러하듯 시간의 흐름 속에서 서서히 몰락했다. 현재 카르파 교단은 역사서에서 짤막하게 언급되는 과거의 유산에 불과하다.

그 카르파 교의 뒤를 이은 종교는 다름 아닌 카르디어스 교.

원래 존재하던 종교의 이름을 살짝 비틀었을 뿐인데도 사람들은 자연스럽게도 카르디어스 교를 받아들였다. 역사 속에서 수없이 반복된 종교사의 흐름과 똑같이.

하지만 혹시라도 카르파 교단을 여전히 추종하는 자들이 생길까 두려워한 카르디어스 교단은 이단이라는 이름 아래 현재, 그리고 과거에 존재했던 자신들 외의 종교를 억압했다. 그렇게 파괴되거나 방치된 카르파 교단의 신전이나 유적이 이제는 마구 파헤쳐졌다.

바로 하이브리드를 생산하기 위한 코어의 발굴처로.

*　　　　*　　　　*

"조심해!"

던컨의 외침에 그레인은 돌격을 멈추고 제자리에 급히 멈춰 섰다.

치이익.

몬스터의 시체가 폭발하면서 사방으로 독액이 퍼져 나갔다. 독액이 그레인의 발 근처에 떨어지자, 메스꺼운 연기를 뿜어내며 바닥을 녹였다.

"저놈에겐 섣불리 다가가지 마라! 독에 당하고 싶지 않으면!"

'아, 그랬지!'

그레인은 식은땀을 흘리며 뒤로 물러섰다. 쥐고 있던 단검, 트윈 엣지에도 독이 살짝 튀었지만 다행히 부식되지 않았다. 독액을 급하게 털어내며 단검을 휘두르자, 그의 앞을 가로막던 몬스터가 피를 흩뿌리며 풀썩 쓰러졌다.

남은 몬스터의 수는 다섯.

벽에 줄지어 걸린 횃불이 좁은 지하 신전 통로를 밝혀주었지만, 그레인의 시야는 평상시보다 상당히 좁아져 있었다. 자신과 크루겐 외의 세 명이 몬스터와 뒤엉켜 싸우는 상황이라 본래의 기량을 드러내긴 다소 불편했다.

"아차!"

이번에는 크루겐이 자신의 실수를 알아채고 황급히 옆으로 몸을 굴렸다.

어둠 속으로 모습을 감춘 것까진 좋았지만, 횃불 때문에 금세 다시 드러나면서 몬스터들의 공격을 피해야 했다. 그 와중에도 단검을 투척해 몬스터를 쓰러뜨리긴 했지만, 생각보다 체력 소모가 심했다.

"헉, 헉… 아우, 완전히 깜깜한 것도 아니고 밝은 것도 아니니."

전투에서 나름 활약 중이긴 했지만, 조급함 때문에 크루겐은 숨을 거칠게 내쉬었다.

던컨은 기존 탐사단의 일원인 로이와 조르쉬와 함께 몬스터와 전투 중이었고, 그러면서도 그레인과 크루겐에게 지시를 내렸다.

"항상 뒤를 조심해라! 죽으면 아무리 잘 싸워도 소용없다고!"

"네, 넵!"

"그레인! 과감한 것도 좋지만 어떤 상대인지 항상 생각하고 싸워라!"

"알겠습니다!"

아무리 수련 과정에서 높은 평가를 받았다고 해도, 처음 접하는 실전 앞에서 당황하게 마련이다.

그레인과 크루겐은 그 점에 있어서 생각보다 잘해주고 있었지만, 스스로의 기대치에는 모자랐다.

'더 잘할 수 있는데… 이 정도라면 곤란해.'

단독 임무였다면 주변 사정 볼 것 없이 몬스터들을 얼려 버리고 하나씩 처리하는 방법을 썼겠지만, 단체로 움직이는 이상 일행의 안전까지 생각해야 했다.

게다가 이미 상대했었고, 화염의 힘 앞에 무력하게 쓰러졌던 몬스터들에 대한 기억이 아직 완전히 돌아오지 않아서 거침없이 돌격하기엔 무리였다.

"그래! 그렇게 하는 거야!"

좀 어설픈 면이 보이긴 해도, 한 사람의 몫은 충분히 해주는 그레인과 크루겐을 칭찬하며 던컨은 검을 휘둘렀다.

그러나 두 신입의 표정은 그리 만족스럽지 못했다.

*   *   *

"그레인, 일어나라. 네 차례다."

던컨은 모포를 걷어내며 그레인을 깨웠다.

아직 잠에서 덜 깬 그레인은 눈을 비비며 모포를 접었다. 오래간만에 딱딱한 벽돌 위에서 잠을 자서일까, 그는 뻐근해진 몸을 이리저리 움직이며 인상을 살짝 찌푸렸다.

벽에 걸려 있는 횃불을 제외하곤 어둠뿐인 신전은 낮인지 밤인지 구별이 안 갔다.

현재 던컨 일행은 신전의 지하 2층에 취침 중이었다. 층을 내려갈수록 더 강한 몬스터가 나오기에 충분한 수면은 필수적이었다.

"휴우, 한숨 좀 돌릴까."

던컨은 여송연을 꺼내 입에 물고선, 불을 붙이려다가 관두고 그레인을 유심히 살펴봤다.

"너희 둘, 그럭저럭 쓸 만해. 역시 실전에 바로 투입할 만한 가치가 있었어. 잔실수야 몇 번 있었지만, 그거야 충분히 감안할 정도였다."

"그래도 아직 부족합니다."

"너희들의 실력을 감안해 일정을 넉넉히 잡아놨으니 너무 걱정하지 마라. 너희들은 아직 애송이라는 점을 잊지 말고. 너무 잘하려고 하지 마. 그러다간 실수만 더 한다."

아니라고 대답하고 싶었지만, 스스로 부족하다고 생각했기에 그레인은 씁쓸하게 웃을 수밖에 없었다.

"그래도 뭔가 기묘하군. 아무래도 첫 실전이니 겁먹고 도망치거나 벌벌 떨 줄 알았는데……. 이스트라가 역시 사람 보는 눈은 있어."

"저, 물어볼 것이 있습니다만."

"뭘?"

"이 지하 신전의 탐색에 얼마나 걸릴 것 같습니까?"

"지하 6층이 최하층이고, 너희 둘 실력을 감안한다면 대충 보름?"

'보름이나?'

예전 생에서 첫 유적 탐사 당시, 그레인은 단 일주일 만에 최상층인 10층까지 올라갔었다.

지하가 아닌 탑으로 된 유적이었고, 층수도 다르고, 다섯 명이 아닌 여섯 명이라는 차이도 있었지만 예전 생보다 뒤처진다는 생각에 씁쓸한 기분이 들었다.

"아무튼 불침번 잘 서라. 만약 몬스터들이 접근해 오면 먼저 나서지 말고 우리들부터 깨워라. 괜히 호기 부리지 말고."

"알겠습니다."

던컨은 여송연을 도로 집어넣고 모포를 펼쳤다. 피곤 때문인지 그의 유일한 낙인 여송연도 그다지 당기지 않았다.

"어?"

그대로 누우려던 던컨이 그레인의 등을 보고 벌떡 일어섰다.

"그 단검 좀 줘봐."

검집에 새겨진 신성 문자를 본 던컨은 그 어느 때보다 심각한 표정이었다.

"이거 트윈 엣지잖아? 어떻게 얻었냐?"

"이스트라 교관님께서 주셨습니다."

"이스트라가, 이걸?"

던컨은 횃불 가까이 가더니 그레인에게 건네받은 트윈 엣지의 검날을 이리저리 돌려보며 살펴봤다.

"너, 신성 문자 읽을 줄 아냐?"

"아직 익히지 못했습니다."

"그러면 이스트라가 이걸 줬다는 의미가 뭔지 모르겠지?"

"네."

"소중히 써라. 절대 잊어버리지도 마라. 이스트라는 그냥 넘어갈지 몰라도, 나는 그렇지 않다."

트윈 엣지를 도로 건네준 던컨은 길게 한숨을 내쉬었다. 풀리지 않은 과거의 아픔이 느껴지는 한숨이었다.

"아무튼 다음에는 내가 여송연을 피울 여유 정도는 부릴 수 있게 활약해 봐라."

던컨은 모포를 덮고 잠시 몸을 뒤척이더니, 이내 코를 골며 곯아떨어졌다.

"하아……."

그레인은 던컨과 다른 의미로 한숨을 내쉬었다. 스스로에 대한 실망 때문에 깊게 잠들지 못했기에 피로는 조금도 가시지 않았다.

이런 상황에서도 허기진 배에서 꾸르륵하는 소리가 흘러나왔다. 육포 특유의 짠맛에 잠이 확 달아났지만, 마음은 여전히 무거웠다.

"역시 불만족스럽지?"

크루겐이 덮고 있던 모포를 살짝 아래로 내리더니 잠들어 있는 나머지 일행들을 살펴보았다.

"크루겐, 네 순번은 아직……."

"쉿, 조용히."

크루겐은 조용히 누워 있는 이들의 숨소리를 귀담아들었다.

"좋아, 확실히 잠들었어."

크루겐은 나머지 셋이 수면 중임을 확인하고서 조심스럽게 모포 밖으로 나왔다.

"오늘 우리 둘, 그리 못하진 않았지?"

"한 사람 몫 정도야 했지."

"하지만 그거에 만족할 우리들이 아니잖아?"

"맞아."

그레인의 어깨가 살짝 처졌다. 크루겐은 뒤통수를 긁으며 고개를 설레설레 저었다.

"아직 호흡을 맞춘 적이 없는 세 명과 뒤섞인 점도 크지만, 가장 중요한 건 몬스터들의 특징에 맞춰 싸워야 했는데, 그게 막상 실전에 들어서니 안 떠올랐어."

"아무래도 직접 몬스터를 상대하는 건 오래간만이니까. 4년 만 아닌가?"

"그래. 생각해 보면 꽤 긴 시간이잖아?"

결사대에 들어간 이후 그 둘의 주 상대는 교단, 특히 교단의 하이브리드들이었다.

그에 비하면 훨씬 만만하게 여겼던 몬스터들을 앞에 두고 제 실력을 발휘하지 못한 게 너무나 아쉬웠다.

"그래도 우리가 그걸 미처 못 떠올린 거지, 완전히 잊어버린 건 아니잖아? 그치?"

이전 생의 기억을 다 못 끄집어냈을 뿐이지, 망각한 건 아니다.

"문제는… 모든 몬스터가 어떤 특성을 지녔는지까지 알 수는 없었지. 몬스터 도감을 달달 외운 것도 아니고."

"나도 너와 별다를 바 없어, 크루겐."

"그러니 서로 이야기하면서 부족한 부분을 메꾸자. 오늘 상대했던 몬스터들 중에서 말이야……."

크루겐이 먼저 질문했고, 그레인이 아는 선에서 대답했다.

잠시 후, 이번에는 반대로 그레인 쪽에서 물어보고 크루겐이 답했다.

"잠깐, 이건 말로만 해서는 안 되겠다."

크루겐은 횃불 아래 축축한 땅바닥에 손가락으로 그림을 그려가면서 설명을 이어나갔다.

다행히도 예전의 기억 중 두 사람이 겹치는 부분은 많지 않았기에 서로 부족한 부분을 보충해 주는 식으로 대화가 진행되었다.

"그때와 지금의 넌 다르니까, 그런 식으로 대처하면 안 돼."

"흐음, 그렇군."

이전 생에서 각자 피 흘려가며 터득했던 경험과 지식이 마른 솜이 물을 빨아들이듯 서로의 머릿속으로 빠르게 흡수되었다.

시간이 빠르게 흘러가면서 불침번은 크루겐을 지나 로이 차례가 되었지만, 둘의 대화는 멈출 줄 몰랐다.

*　　　　*　　　　*

첫날 2층까지 내려간 던컨 일행은 계속해서 아래층으로 내려갔다.

탐사 5일째를 맞이한 오늘, 던컨은 신입들을 지시하던 나흘 전과는 다른 상황을 맞이했다.

"아! 바실리스크에겐 가까이 다가가면 안 돼! 시선과 마주치면……."

던컨이 채 말을 마치기도 전에 바실리스크의 전신이 얼음으로 뒤덮였다.

그레인은 자신을 보호하기 위해 주변에 설치한 얼음벽 표면을 서릿발로 감싸 바실리스크와 눈이 마주치는 걸 방지했다.

"아! 그놈은 우선 지켜본 뒤에……."

리자드맨 무리를 향해 마구 돌진하는 크루겐을 저지하기 위해 목소리를 높였지만, 어둠 속에서 크루겐의 모습은 완전히 사라진 후였다.

잠시 후, 리자드맨들이 목 뒤에서 핏줄기를 뿜으며 하나둘 쓰러졌다.

크루겐은 단단한 비늘을 피해 정확하게 급소만을 찌른 뒤 다시 어둠 속으로 자취를 감췄다.

"아, 이놈은……."

그레인이 높이 뛰어오르며 대각선 아래로 던진 얼음 창이 리저드맨 세 마리를 동시에 꿰뚫었다.

사방으로 튄 핏방울에 그레인의 옷이 피범벅이 되었지만, 그는 개의치 않고 다른 몬스터를 향해 단검을 연달아 던졌다.

좁은 통로에서 마주친 몬스터 무리에 고전을 예상했던 세 명은 신입 두 명의 활약을 멍하니 지켜보는 입장이 되어버렸다.

"……."

더 이상 뭔가 지적할 사항도, 딱히 가르칠 것도 없어진 던컨은 멍하니 두 신입의 전투를 바라보기만 했다.

"저 녀석들, 요 며칠 동안 잠도 제대로 못 잔 주제에 어떻게 저럴 수 있지?"

밤잠을 설친 터라 두 신입의 두 눈은 충혈되어 있었지만, 움직임에는 망설임이 없었다.

'내 눈이 잘못되었나? 나름 뛰어난 놈들이라고 생각하긴 했지만… 나흘 만에 저렇게 변할 수 있나?'

그레인의 정확하면서도 능숙한 냉기의 힘.

크루겐의 재빠르면서도 여유 있는 움직임.

던컨과 같이 따라온 로이와 조르쉬도 두 신입의 움직임을 두 눈 비비고 살펴봤지만, 달라지는 건 없었다.

"다 처리했습니다."

그레인은 단검을 아래로 획 휘두르며 검날에 묻었던 여분의 피를 털어냈다.

갈증을 느낀 그레인은 허리에 찬 수통을 집어 들었고, 그 사이 크루겐은 허리 주머니에서 무언가를 꺼내 주섬주섬 챙겼다.

"혹시 실수한 건 없습니까?"

그레인은 자신을 바라보는 던컨의 눈빛이 심상치 않자 혹시나 하는 마음에 물어봤다.

"너, 벤트 섬이 아니라 유적 발굴단에서 경력 쌓고 파견 나온 놈 아냐? 경력은 몇 년이냐?"

"보시다시피 갓 수료한 애송이입니다."

"그런데 왜 이리 잘 처리해? 몬스터들 대응법은 언제 익혔고?"

"수련생 시절에 틈나는 대로 몬스터와 고대 마수에 대한 책을 즐겨 읽었습니다. 책 내용과 다른 부분도 있지만, 대부분 다 들어맞아서 다행이로군요."

사실은 실제 몸으로 접하고, 죽을 고비를 넘겨가면서 익혔던 경험이었지만.

"그래도 그렇지. 바실리스크 같은 건 처음이었을 텐데, 무섭지 않았냐?"

물을 들이켜던 그레인은 손등으로 이마의 땀을 몬스터의 피와 함께 훔쳐냈다.

"제가 성격이 많이 무뚝뚝한 편이라……. 겉으로는 아무렇지 않아 보여도 나름 놀라긴 했습니다. 그래서 처음에는 많이 망설였습니다."

물을 다 마신 그레인은 수통의 마개를 잠그고 다시 단검을 움켜쥐었다.

"이젠 나름 적응되었습니다."

"그래도 어떻게 나흘 만에 싹 바뀌냐?"

"그야 가만히 있으면 죽으니까요. 죽는 것보다 무서운 건 없습니다."

"맞는 말이긴 한데……."

던컨은 뭐라 할 말을 찾지 못하고 왼쪽 볼을 슥슥 긁기만 했다.

알아서 잘하는 모습이 기특하긴 했지만, 마땅히 가르쳐 줄 게 없다는 점에 아쉽게 느껴졌다.

못할 땐 못하는 대로, 잘할 땐 잘하는 대로 아쉬울 수밖에 없는 입장이 던컨에게는 난감하기만 했다.

"아무래도 여기일 것 같은데."

그레인이 숨을 돌리는 사이, 크루겐은 몬스터들의 시체 너머에서 두 무릎을 꿇은 채로 바닥을 더듬고 있었다.

"어이, 신입! 함정이 어디에 있을지 모르니 함부로 건드리지 마!"

딸깍.

"네, 그래서 막 해체했습니다."

"……."

크루겐은 함정 해체에 사용했던 도구들을 같이 쓴 와이어로 돌돌 감아 갈무리했다. 손가락에 묻은 흰 분말을 입으로 불어 날리는 모습에서 두려움은 찾아볼 수 없었다.

"크루겐, 넌 도적 길드에서 파견 나왔냐?"

"저도 저 녀석처럼 나름 거친 삶을 산 적이 있어서 말이죠."

능청스럽게 대꾸하는 크루겐에 의해 던컨의 말문이 또 막혔다.

"자, 던컨 님은 뒤에서 편히 쉬십시오. 다른 두 분도요!"

크루겐은 제멋대로 던컨의 허리 주머니에 손을 쑥 집어넣었다. 꺼낸 여송연을 그의 입에 물려주고 단검으로 여송연 끝을 잘라준 뒤, 부싯돌로 불까지 붙여주고 원래 자리로 돌아갔다.

그사이 그레인은 복도 끄트머리까지 걸어갔고, 오른쪽으로 꺾인 골목 안쪽에서 다수의 리자드맨을 발견했다.

"어이, 그레인! 내 몫은 남겨두라고!"

"알았어!"

그레인은 한쪽 무릎을 꿇으면서 지면을 향해 왼손을 뻗었다.

순식간에 퍼져 나간 냉기가 지면을 얼리면서 그 위에 있던 리자드맨들의 발을 묶었다.

'이대로라면 크루겐이 날뛰기는 힘들 테니……'

이번에는 오른손을 벽을 갖다 댔다. 그러자 신전 내 수호 마법에 의해 켜져 있던 횃불들이 냉기에 순서대로 꺼지면서 몬스터들이 어둠 속에 갇혔다.

"헤헷, 눈치 빠르네?"

"맘껏 설치고 와."

횃불이 밝히던 빛을 벗어나 어둠으로 뛰어드는 순간, 크루겐의 모습이 완전히 사라졌다.

"쿠에엑!"

크루겐의 머플러가 펄럭이며 모습을 감출 때마다, 리자드맨의 괴이한 비명이 복도에 메아리쳤다.

몬스터들의 하체를 꽁꽁 얼린 얼음 위로 핏방울이 흩날렸고, 리자드맨들은 어디에서 나타날지 모르는 크루겐을 찾아 고개를 두리번거릴 뿐이었다.

"세 마리째!"

뒷덜미만을 노려 일격을 가한 그레인이 다시 어둠 속으로 사라졌다.

그레인이 일부러 얼리지 않은 바닥만을 골라 이동하는 크루겐의 움직임은 거침이 없었다.

"형님, 저희들은 진짜 구경만 해야 될 것 같은데요?"

"정말 20살도 안 되는 아이들 맞습니까? 아무리 하이브리드라 해도……."

오히려 단둘만 나서게 되자 맘껏 하이브리드의 힘을 펼치는 두 신입 앞에서 로이와 조르쉬는 기가 팍 죽었다.

"내 말이 그 말이다. 아무리 짧아봤자 한두 달은 걸릴 거라 예상했는데……."

무심코 내뱉은 말이 나흘 만에 달성될 줄은 던컨은 꿈에도 몰랐다.

"오늘은 우리 세 명이서 불침번이다. 저 녀석들, 우리 밥값까지 해버렸으니 어쩔 수 없잖아?"

여송연을 깊게 빨아들인 던컨의 입에서 연기가 길게 뿜어져 나왔다.

*　　　*　　　*

쿵!

거대한 사이클롭스가 쓰러지면서 바닥이 진동했다.

"휴우, 좀 까다로웠군."

3미터에 달하는 외눈박이 몬스터, 사이클롭스를 쓰러뜨린 그레인의 이마에 땀이 흥건히 맺혔다.

"난 좀 아쉬웠어. 사이클롭스의 눈, 코어로 쓸 수 있잖아?"

"어쩔 수 없지. 우선 사는 게 중요하잖아."

성인 남성의 주먹보다 배는 더 큰 사이클롭스의 눈에는 그레인이 던진 단검이 박혔던 흔적이 깊숙이 남아 있었다.

화석이 아닌 살아 있는 몬스터의 신체 일부를 코어로 만들기 위해선 형태가 가능한 한 온전히 보존되어야 한다.

그들이 쓰러뜨린 사이클롭스의 눈은 세로 방향으로 길게 찢겨 나가고 피까지 상당수 흘러나온 터라 마법의 시료로 사용할 수밖에 없었다.

사실 그것만으로도 꽤 값비싼 축에 속하지만.

"그리고 솔직히 아쉬운 쪽은 우리가 아니지."

"…그래."

둘은 다른 일행의 눈치를 보면서 귓속말을 주고받았다.

"무엇보다 저걸 이식하려면 멀쩡한 두 눈을 파내고 하나만 박아야 하니 비효율적이지."

실제로 이전 생에 사이클롭스의 눈을 이식받은 하이브리드는 최소한 그들의 기억 속에는 없었다.

"그나저나 아까 그 기술 쓸 만하던데? 벤트 섬에선 왜 안 보여줬어?"

그레인의 냉기가 사이클롭스의 발을 몇 번이나 묶었지만,

그때마다 강력한 힘으로 얼음을 매번 깨부수고 나오던 터라 모두 공격은커녕 접근조차 하기 힘든 상황이었다.

그렇다고 먼 곳에서 공격하기에도 용이하지 않았다. 그레인이 수도 없이 던진 얼음 창을 덩치만큼 큰 주먹으로 박살 냈다.

그렇게 고전하던 그레인은 문득 뭔가 떠올리며 방법을 바꿨다.

단 하나뿐인 사이클롭스의 눈에 단검을 날려 박은 뒤, 주변을 돌며 단검과 연결된 와이어를 목에 칭칭 감았다. 그리고 단검이 뽑히는 동시에 와이어에 주입된 냉기가 날카로운 톱날처럼 돌아나면서 사이클롭스의 입에서 비명이 터져 나왔다.

마지막으로 와이어를 잡아당기는 순간 사이클롭스의 목에 선혈이 그어지며 바닥에 우수수 핏방울이 떨어졌다.

"너도 봤다시피 이걸 대련에 썼다간 반드시 누군가 죽이고 말 것 같아서."

"확실히 그래 보이긴 하네. 그런데 다음부터는 네가 직접 움직이지 말고, 회전을 줘서 알아서 칭칭 감기게 던져보는 건 어때?"

"참고하도록 하지."

그레인은 단검 끝에 달린 와이어를 빙빙 돌리면서 검날에 묻은 피를 털어냈다.

"서리로 만들어진 칼날이라. 프로스트 엣지(Frost Edge)라고 부르면 어울리겠는데?"

와이어를 단검에 냉기를 전달하는 수단으로만 쓰지 않고, 와이어 자체에 냉기를 불어넣어 칼처럼 이용한다는 발상에 크루겐은 이름을 붙여봤다.

"너무 거창한 거 아닌가?"

"하하, 그래? 아 참, 아까 단검을 어떻게 뽑아냈어?"

"아, 그건… 나도 잘 모르겠어."

"잉, 모른다니?"

그레인은 오른손에 쥔 트윈 엣지 중 하나의 검날 옆면에 손가락을 살짝 가져갔다.

"마치 내 의지에 따라 트윈 엣지가 움직인 기분이 들었어."

마나의 흐름에 따라 무기가 알아서 움직이는 경우는 극히 드물다. 최소한 이전의 그레인은 화염의 힘을 쓸 때 그런 경험은 전무했다.

"그거 의외로 좋은 무기 아냐?"

"의외로가 아니라 실제로도 좋아. 사용하면 사용할수록 숨겨진 비밀이 더 많이 발견될 것 같은 느낌이야."

그리고 반대로 선뜻 트윈 엣지를 준 이스트라의 의도를 더더욱 이해하기 힘들어졌다.

'난 그에게 특별히 잘 보인 적도 없었는데.'

직접 지도를 받은 적도 그리 많지 않았다.

자신을 다른 누군가에 투영해서 보고 있다는 느낌은 들었지만, 애초에 그 누군가를 알지 못하는 이상 궁금증만 더 커질 뿐이다.

그사이 던컨과 나머지 일행은 지하 신전의 마지막 층의 중앙 제단을 꼼꼼히 수색 중이었다.

어차피 고대 역사나 신화에 통달하지 않는 이상, 코어 자체를 분석하고 수집하는 일은 신입이 할 일은 아니었다.

"이거 왠지 우리들 농땡이 피우는 느낌 들지 않아?"

"도와주고 싶어도 아는 게 적으니 어쩔 수 없지."

그레인과 크루겐은 하는 거 없이 다른 세 명을 바라보는 시간이 빨리 지났으면 하는 바람이었다.

"어? 이건 뭐지?"

던컨이 벽 한쪽에 적힌 신성 문자를 손바닥으로 누르자 숨겨진 공간이 드러났다.

그 안에 보관되어 있던 무언가를 살펴보던 던컨의 눈이 커졌다.

"서, 설마?"

그는 옆에 놔둔 배낭을 들어 올리더니 그대로 뒤집어서 안에 있던 물건을 모두 쏟아냈다.

던컨은 평소엔 펼치지도 않았던 두꺼운 책을 집어 들더니 휘리릭 페이지를 넘겼다.

"어이, 너희들이 봐도 이거와 같지?"

던컨은 모서리가 접혀 있는 페이지의 그림과 눈앞의 코어를 번갈아 가며 가리켰다.

"문헌으로만 남아 있던 그 코어 아닙니까?"

"지금 제가 헛것을 보는 건 아니겠죠?"

로이와 조르쉬는 눈을 깜박이며 꿈인지 생시인지 재차 확인했지만, 던컨이 집어 든 코어는 그것이 확실했다.

"천사의 날개!"

빛의 힘이 담긴 코어는 존재 자체만으로도 소중히 여겨진다. 그중에서도 카르디어스 교단의 전신인 카르파 교단과 직접 관계된 코어의 가치는 돈으로 매기기 힘들 정도다.

던컨은 한 쌍의 날개가 양옆으로 펼쳐진 모양이 안에 들어가 있는 화석을 들어 올리며 기쁨을 감추지 못했다.

"용의 핵심 코어와 견줄 만해! 핫핫핫! 진짜 대박을 건졌어! 이야호!"

던컨은 웃음을 터뜨리며 그답지 않게 방방 뛰었다.

진짜 희귀한 코어였기에 로이와 조르쉬 역시 기뻐했다.

그레인과 크루겐을 제외하고는.

'천사의 날개……'

그레인은 이전 생에서 천사의 날개를 이식받은 하이브리드 여성과 대적한 적이 있었다.

이 시대에는 거의 사라졌다고 여겨지는 성자의 힘, 신성력을 맘껏 사용하는 그녀 앞에서 많은 결사대원은 좌절했다. 그 어떤 치명상을 입혀도 치유(Healing)로 자신은 물론 다른 적들까지 회복시키는 그녀는 결사대원들에겐 천사가 아닌 악마 그 자체였다.

그레인의 화염이 그녀와 함께 천사의 날개를 완전히 불태워 버렸을 땐, 동행했던 결사대원 중 5명이 다른 세상으로 떠난 후였다.

'여기서 저걸 박살 내버릴까?'

자신도 모르는 사이에 도로 꺼낸 트윈 엣지가 그레인의 양손에 쥐어져 있었다.

크루겐 역시 양손을 등에 감추고선 그레인처럼 한 쌍의 단검을 움켜쥐고 있었다.

바로 그때.

"잠깐만요, 형님! 함정이 있나 확인해 봐야 하지 않습니까?"

"어?"

오래간만에 최상급 코어를 얻어서였을까.

아무런 확인도 안 하고 천사의 날개를 꺼내 버렸던 것이다.

뒤늦게야 정신을 차린 던컨은 당황을 금치 못했다.

"에이, 아무 일도 없겠…….''

쿵.

육중한 소리와 함께 들어왔던 문이 닫혔다.

"하, 함정이 발동했나?"

던컨은 황급히 천사의 날개를 있던 자리에 놓았지만, 한 번 발동한 함정은 멈추지 않았다.

넓은 방 안을 밝히던 횃불이 일제히 꺼지면서 모두가 어둠 속에 갇혔다. 천장과 벽, 그리고 바닥까지 흔들리기 시작하더니 위에서 돌 부스러기가 마구 떨어졌다.

그레인은 벽에 손을 갖다 대고 냉기를 흘려 넣었다.

방 전체가 서릿발로 뒤덮였고, 그 아래 자리 잡은 얼음벽이 무너지던 벽과 천장을 다시 고정시켰다.

"크루겐!"

"알았어!"

아무것도 보이지 않는 암흑 속에서 크루겐은 입구 쪽으로 거침없이 달려갔다.

"그레인, 이쪽이 문이야!"

크루겐의 목소리가 들린 방향으로 그레인은 트윈 엣지를 번갈아 가며 던졌다.

둔탁한 소리와 함께 한 쌍의 단검이 문에 박혔고, 와이어를 통해 전달된 냉기가 단검에 도달하는 순간 폭발을 일으켰다.

"이쪽입니다! 모두 서두르십시오!"

"도대체 무슨 일이지?"

"지진이라도 일어났나?"

"그런 건 아닌 것 같은데, 아래에 던컨 님이 신입 데리고 탐사 중이지 않나?"

늦은 밤, 막사 안에서 수면 중이던 탐사대원 전원이 깨어나 한곳으로 모였다.

"히익, 또 흔들려!"

"이, 이거 대피해야 하는 거 아냐?"

흔들림의 근원지는 이 근방에 자리 잡은 지하 신전 중 하나.

탐사 도중 사고는 빈번했지만 이렇게 지상까지 영향을 끼치는 경우는 처음이라 모두 어떻게 해야 할지 갈피를 못 잡았다. 그들을 지휘해야 할 던컨이 막상 탐사 중이라는 점도 컸다.

"응, 뭐지?"

"으으……. 갑자기 더 쌀쌀해졌어! 뭐가 어떻게 돌아가는 거야?"

차가운 냉기가 지면을 타고 빠르게 사방으로 퍼져 나갔다.

일대를 덮친 싸늘한 기운에 모두 부들부들 떨기 시작했다. 하얀 입김이 입에서 마구 뿜어져 나왔고, 두껍게 걸친 옷을 단단히 조여 매도 추위는 조금도 가시지 않았다.

"뭐, 뭐지?"

지하 신전의 입구 바로 옆 지면이 얼어붙은 채 들썩이더니 금이 쩍쩍 갔다.

발밑을 지나가는 금에 모두 화들짝 놀라 멀리 물러섰다.

"이, 이게 뭐야?"

지면을 뚫고 솟아오른 거대한 얼음 기둥에 모두 입을 떡하니 벌렸다.

그 얼음 기둥을 타고 지면 아래에서 하나둘 탐사를 떠났던 인원들이 올라왔다. 가까스로 신전 밖으로 나온 그들을 맞이한 건 어두운 하늘이었다.

"헉, 헉… 겨우… 빠져나왔군."

던컨은 비틀거리면서도 간신히 걸어가 얼음 기둥으로부터 멀어졌다.

차가운 한기가 여전히 주위에 맴돌았지만, 그레인을 포함한 탐사대원 모두가 땀투성이가 되어 거칠게 숨을 내쉬었다.

"이젠… 충분하겠지."

얼음 기둥으로부터 멀리 이동한 그레인은 사방에 퍼뜨렸던 냉기를 거두었다. 그러자 얼음 기둥이 솟아났던 자리가 지면 아래로 푹 꺼졌다.

지하 신전 내부가 무너지는 소리에 막사에 머무르고 있던 인원 전부가 모여 있었다. 그들 중에는 아직 풋내기라고 던컨이 데려가지 않은 신입 세 명도 있었다.

"휴우, 정말로 진땀 나는군. 그레인, 네가 아니었으면 모두 압사당했을 거다."

간신히 최하층을 탈출하긴 했지만 복도의 횃불들이 모조리 꺼진 탓에 달려가기도 용이하지 않았다.

흔들리는 지하 신전 안에서 이대로 파묻히는가 싶던 그레인은 기발한 발상을 떠올렸다.

거대한 얼음 기둥을 위로 향하게 생성해 각층을 뚫고 지상까지 이어지는 탈출로를 만들었다. 일행은 울퉁불퉁한 기둥을 타고 3층 높이를 힘겹게 기어 올라갔고, 가까스로 목숨을 건졌다.

"모두 다친 곳은 없나?"

던컨은 흙과 먼지투성이가 된 머리를 털면서 모두가 무사한지 확인했다.

"잠깐, 크루겐?"

인원을 세던 그의 손가락이 돌연 넷에서 멈추면서 표정이 굳었다.

"크루겐은 어디 있지?"

"어?"

그레인 역시 어떻게든 지상으로 탈출하는 생각뿐이어서 크루겐의 부재를 미처 깨닫지 못했다.

"설마 아직도 저 아래에?"

던컨은 아직도 솟아올라 있는 얼음 기둥 쪽을 바라봤다.

"모두 여기서 기다려라! 나 혼자 다시 내려가 보겠다!"

던컨이 얼음 기둥으로 걸어가려 하자 로이와 조르쉬가 그의 양팔을 붙들며 제지했다.

"무리입니다! 이미 아래는 완전히 무너졌을 거라고요!"

"너무… 늦었습니다."

"아, 제가 좀 늦었죠?"

얼음 기둥을 붙들고 태연스럽게 올라오는 크루겐을 보고 모두는 입을 다물었다.

"아, 이게 필요할 것 같아서요. 최하층까지 내려갔는데 아무런 소득이 없으면 좀 그렇잖아요?"

조심스럽게 던컨에게 다가간 크루겐은 배낭을 내려놓고 입구를 조인 끈을 풀었다. 도망치는 와중에 미처 챙기지 못했던 코어 몇 개가 안에 들어 있었다.

"천사의 날개는 못 챙겼지만, 힘들게 최하층까지 내려갔는데 이 정도는 챙겨야 하지 않겠습니까?"

"······."

아무렇지 않은 표정을 지으며 코어를 내미는 크루겐을 던컨은 말없이 응시했다.

"크루겐."

"네?"

던컨의 차분한 목소리에 크루겐은 자신이 뭘 잘못했는지 머리를 굴렸지만, 아무런 생각도 떠오르지 않았다.

"나는 너와 그레인이 예상을 훨씬 넘어서는 활약을 보여줘서 기뻤다. 하지만 그건 너희들이 무사했기에 그런 거지."

던컨은 건네받은 코어를 옆으로 휙 던졌다.

"이깟 코어보다 소중한 건 각자의 목숨이다."

"그, 그렇죠."

던컨은 크루겐의 양어깨에 얹은 손에 힘을 잔뜩 주었다.

"너희 셋, 이번 탐사에 데리고 가지 않은 게 불만이었지?"

이번에는 멀리서 바라보고만 있던 세 명의 신입을 향해 던컨이 고개를 돌렸다.

"말하지 않아도 다 안다. 하지만 보다시피 이것은 자칫 잘못하면 시체조차 찾기 힘든 위험한 일이다. 아쉽게도 너희들의 역량은 현장에서 직접 뛰기엔 부족해."

얼음 기둥이 녹아내리며 주위의 지면이 더욱 아래로 푹 꺼졌다.

"명심해라. 목숨은 그 어느 것보다 중요하다. 부든 명예든, 살아야 누릴 수 있는 거다."

던컨은 몇 년 전까지만 하더라도 같이 어울리던 세 명 중 먼저 가버린 한 명을 떠올리며 고개를 좌우로 저었다.

"뭐, 딱딱한 이야기는 이쯤 하도록 하고……."

크루겐의 어깨에서 손을 땐 던컨은 팔짱을 끼고서 두 신입을 번갈아 가며 쳐다봤다.

"아무튼 너희 둘은 참 묘한 놈들이야. 애송이인지 아닌지 헷갈린단 말이야."

첫날의 미숙함을 제외하면 오랫동안 실력을 쌓은 베테랑과 다를 바 없었다. 아니, 순수하게 전투 능력만 따진다면 자신보다 우위일지 모른다는 생각에 던컨은 쓴웃음을 지었다.

"아무튼 고생했으니 내일까지 푹 쉬어라."

던컨은 그레인과 크루겐의 등을 한 번씩 쳐준 뒤 자신의 막사 쪽으로 발길을 돌렸다.

무거웠던 분위기가 사라지자, 모여들었던 탐사대원들은 다시 각자의 잠자리로 돌아갔다.

어두컴컴한 밤하늘 아래 달빛이 단둘만 남은 그레인과 크루겐을 비췄다.

"크루겐, 다시는 그런 짓 하지 마."

"알았어, 알았다고."

"던컨의 말이 옳아. 우리들은 절대 허투루 죽어서는 안 되는 입장이야."

"안다고. 알긴 하는데……."

크루겐은 뭔가 석연치 않다는 표정으로 서 있다가 돌연 킥 킥 웃기 시작했다.

"왜 그래?"

"좀 웃겨서."

"뭐가?"

"교단 인간들에게 목숨을 소중히 하라는 말을 들을 줄이 야. 전혀 예상하지 못했거든."

"……."

"차라리 좀 더 악한 놈들을 만나야 독기가 안 사라지는데. 잘 대해주는 사람을 만나면 그건 그것대로 고민거리네."

그들이 현재를 살아가는 이유는 교단을 상대하면서 겪었던 이전 생에서의 좌절과 분노.

그러나 코어의 이식 과정을 제외한다면 벤트 섬의 생활과 이곳에서의 대접은 상대적으로나, 절대적으로나 그리 나쁘진 않았다.

"확실히 세상이 예전 생과 많이 달라진 것 같아. 이제야 왜 잘해주는 거냐고 반대로 따지고 싶은 심정이야."

크루겐이 이전 생에 만났던 교단의 인간들은 한결같이 자 신을 교단의 소모품으로만, 노예로만 여겼다.

제자리에 털썩 주저앉은 크루겐은 아예 발랑 드러누워 어 두운 하늘을 쳐다봤다. 등을 통해 전해지는 차가운 기운처럼 가슴속에 품고 있는 분노가 사그라지긴 원치 않았다.

"크루겐."

"응? 어, 너까지 왜 그래?"

이번에는 그레인이 그의 양어깨를 강하게 붙들었다.

"아, 아파! 힘 좀 빼!"

크루겐은 얼굴을 찡그리며 그레인을 밀쳐내려고 했지만, 이내 그만두었다. 그 어느 때보다 진지한 표정으로 자신을 내려다보는 그레인은 처음이었기 때문이다.

"아까도 말했지만, 확실히 말할게. 다시는 그런 위험한 짓 하지 마라."

"왜 그래? 보다시피 난 멀쩡하잖아? 내가 혹시라도 죽었다면 슬퍼할 거야?"

"당연한 소리 하지 마. 너는 지금 유일하게 나와 같은 기억과 감정을 공유하는 입장이야."

천천히, 그리고 또박또박 말하는 그레인 앞에서 크루겐은 꿀 먹은 벙어리처럼 입을 다물었다.

하지만 언제 그랬냐는 듯 가벼운 미소를 지으며 눈을 깜박거렸다.

"이야~ 너, 모르겠지? 내가 여자였다면, 지금 네 표정 보고 홀딱 넘어갔을 거다."

"크루겐, 너는 절대 죽어선 안 돼. 우리 둘 다 끝까지 살아남아서 우리들을 과거로… 돌아가게 만든 원흉을 쓰러뜨려야 해."

"아… 으, 으응, 알았어."

"약속해라."

"아, 알았다고! 알았어!"

크루겐이 고개를 끄덕이자 그제야 그레인은 그의 어깨에서 손을 뗐다. 크루겐은 꽉 붙잡혔던 어깨를 어루만지며 길게 한숨을 내쉬었다.

"아무튼 크루겐, 위험한 행동은 자제해. 회귀까지 했는데 고작 이런 데서 죽으면 억울하지 않겠어?"

"사실 다른 걸 감추느라 늦었지."

크루겐은 양팔을 대각선으로 교차시키더니 손바닥만 움직여 날갯짓하는 포즈를 지어 보였다.

"혹시라도 다시 발굴되는 걸 막기 위해서 몰래 다른 곳에 숨겨뒀어."

"설마 그걸? 그 위급한 상황에서?"

"교단의 손에 악용될 바엔, 나중에라도 우리들이 쓰는 편이 낫지 않겠어?"

가볍게 미소를 짓는 크루겐의 왼손이 저 멀리 있는 나무 한 그루를 가리켰다.

*   *   *

카르디어스 신성력 1397년 2월 24일.

탐사대원들이 거주하는 막사에서 떨어진 공터.

모두 잠든 깊은 밤에 그레인은 홀로 공터에서 수련을 진행 중이었다. 그의 몸에서 냉기가 하얀 연기처럼 뿜어져 나왔고, 몸 안에서 마나가 빠른 속도로 순환 중이었다.

그레인은 살짝 두 눈을 감았다가 도로 떴다.

오른손을 앞으로 뻗자 직사각형 모양의 두꺼운 얼음판이 시계 방향으로 하나씩 차례대로 솟아올랐다.

"흐음, 좋아."

그레인은 자신을 둘러싼 얼음판을 매만지며 만족스러워했 다. 울퉁불퉁한 부분 하나 없었고, 각자 모서리끼리 닿아서 완전한 육각형을 그리고 있었다.

단검을 휘둘러 얼음판을 베어낸 그레인은 이번에는 준비 과정 없이 즉각적으로 얼음판을 새로 구현해 봤다.

아까와는 달리 더 빠르게 얼음 장벽이 구현되었지만 뭔가 어설펐다.

서로 닿은 얼음판이 육각형을 이루긴 했지만, 아까의 것에 비 교하면 정교함에서 큰 차이가 벌어졌다. 한눈에 봐도 여기저기 돌출된 부분이 드러났고, 단단함도 아까와는 차이가 있었다.

"집중에 걸리는 시간을 더 단축해야 하는데……."

그레인은 몇 번에 걸친 유적 탐사 과정을 통해 실전을 경험했고, 맘껏 냉기의 힘을 발휘할 수 있었다.

하지만 맨 처음 보여줬던 정교한 냉기의 구현은 아직 갈 길이 멀었다. 마나양을 극단적으로 올려 부족한 부분을 커버하는 방식이 몬스터나 약한 상대에게는 통할지 몰라도, 진정으로 강한 상대 앞에선 부족할 수도 있다.

'아르디언… 그때처럼 여전히 강하겠지.'

그레인은 복수를 위해 반드시 쓰러뜨려야 할 상대를 떠올리며 한 쌍의 단검으로 된 트윈 엣지를 꺼냈다.

이번에는 크루겐이 '프로스트 엣지'라고 붙여진 기술을 시도해 보기로 했다.

목표는 땅바닥에 수직으로 꽂아 넣은 나무 장작들.

휙! 휙!

손목을 회전하면서 던진 두 개의 단검이 곡선을 그리면서 날아갔다. 그리고 검 자루와 손목을 잇는 와이어 두 개가 각자 다른 방향으로 나무 장작의 위와 아래에 둘둘 감겼다.

콰직!

와이어를 잡아당기면서 불어넣은 냉기가 날카로운 톱날이 되어 장작을 세 토막 냈다. 그레인은 깨끗하게 잘려져 나간 단면을 보면서 고개를 왼쪽으로 살짝 기울였다.

'더 개량할 방법이 없을까? 냉기가 아닌 화염의 힘이었다면 와이어에 닿는 적을 불태울 수 있을 텐데…….'

현재 없는 화염의 힘에 아쉬워하면서 오른팔을 넌지시 내려다봤다.

"네놈은 잠도 없냐?"

그레인은 목소리가 들린 방향으로 고개를 돌렸다. 던컨이 오른손으로 왼쪽 어깨를 어루만지며 걸어오고 있었다.

"다른 녀석들은 벌써 다 곯아떨어졌는데, 너는 그렇게 강하면서도 왜 이리 안달이냐? 피곤하지도 않아?"

그레인이 이곳에 온 지 한 달이 지났고, 그사이 그레인은 총 세 번에 걸친 유적 탐사를 마쳤다. 지난번 무너졌던 지하 신전 말고 다른 유적도 근처에 있었기에 탐사는 계속 이어졌다.

그레인과 크루겐 말고 나머지 세 명의 신입도 실전에 조금씩 투입되었다.

하지만 매번 탐사를 마칠 때마다 지친 나머지 죽은 듯 다음 날까지 잠들어 버리는 게 보통이었고, 당연한 일이었다.

"한창 성장해야 할 나이 아닙니까?"

"그런 힘을 가지고 있으면서도 부족하다는 거냐?"

"네."

현재의 자신보다 훨씬 강했던 이전 생의 자신조차도 무력하게 아딜나의 죽음을 지켜봐야만 했다.

물론 이전보다 훨씬 더 빠른 속도로 성장 중이었지만, 만족할 생각은 조금도 없었다. 이전 생만큼 강해지는 게 아니라, 그것을 넘어서는 힘을 손에 움켜쥐어야 한다.

　"그러면 좀 도와줄까?"

　던컨은 오른손에 쥐고 있던 연습용 검으로 땅바닥을 툭툭 건드렸다.

　"너와 함께 일하면 진짜 편하긴 한데, 정작 내 몸이 굳는 느낌이 들어서 말이다."

　"던컨 님이 괜찮으시다면야 제 쪽에서 부탁드리고 싶습니다."

　"그래도 대련이니 적절한 선에서 힘 조절 좀 하자. 넌 하이브리드의 힘을 쓰지 말고, 난 오러(Aura)를 쓰지 않는 식으로."

　"예전 성당 기사단 소속이셨을 때의 힘을 보고 싶었는데, 그건 아쉽군요."

　"다 옛날이야기다."

　던컨은 머쓱한 표정을 지으며 오른손에 쥔 검을 앞으로 내밀었다.

*　　　*　　　*

　캉! 카앙!

　그레인의 트윈 엣지와 던컨의 검이 맞부딪혔다.

서로 공격을 주고받는 사이 시간은 어느새 10분을 넘어섰다. 하지만 밀리는 쪽은 그레인이었다.

"직접 몸으로 확인하니⋯ 넌 정말 대단한 녀석이야."

카앙!

던컨이 가로로 휘두른 검을 그레인이 왼손에 쥔 단검으로 막아냈다.

"아직 본래 주인만큼 다루지는 못하지만, 확실히 수준급이로군."

"트윈 엣지 말입니까?"

카앙!

"그래."

그레인이 오른손에 쥐고 있던 트윈 엣지 중 하나가 빙그르르 회전하며 높이 떠올랐다.

던컨은 검 끝으로 그레인의 목을 노린 상태에서 단검의 검자루를 움켜쥐며 허공에서 낚아챘다.

"제가 졌군요."

"막상 그리 실망하는 모습은 아닌데?"

던컨은 그레인에게 단검을 건네주며 여송연을 꺼내 입에 물었다.

"멜린다는 단검을 다룰 줄 모르니 아닐 테고, 이스트라에게 배웠냐?"

"아닙니다. 크루겐의 도움을 많이 받았죠."

"하긴 그 녀석이 너보다 능숙하게 단검을 잘 다루더군."

어둠 속이라는 전제 조건이 붙어야 하지만, 크루겐은 마치 자신과 한 몸인 것처럼 단검을 능수능란하게 사용했다. 몇 번에 걸친 신전과 유적 탐사 과정에서 크루겐의 단검에 쓰러진 몬스터들 수는 그레인보다 더 많았다.

"그 녀석이 살아 있었다면 제대로 단검 쓰는 법을 가르쳐 줬을 텐데, 아쉽군."

"네? 그 녀석이라니……?"

"아니다. 그 녀석은 단검 하나만 썼으니 좀 달랐을 거다."

던컨은 트윈 엣지를 바라보면서 혼잣말을 이어갔다.

그레인은 크루겐을 지칭한 '그 녀석'이 아닌, 또 다른 '그 녀석'이 누군지 알고 싶어졌다. 하지만 트윈 엣지의 검날을 응시하는 던컨의 눈빛이 그답지 않게 아련했기에 입을 다물었다.

"나도 아직 그리 녹슬지는 않았군."

현재의 스스로에 만족하는 듯한 말투였지만, 표정은 정반대였다.

"하지만 이왕 이렇게 된 김에 네 본 실력을 알고 싶은데?"

던컨은 그레인이 허리에 차고 있는 장검을 가리켰다.

반면 그레인은 그의 입에 물려 있는 여송연을 넌지시 바라 봤다.

"여송연은 안 피우시는 편이 좋을 겁니다."

"호오, 자신 있나 보지?"

"우선 해봐야 알겠죠."

그레인이 검집에서 연습용 검을 뽑아 쥐자, 던컨의 표정이 바뀌었다.

'허, 저 녀석 봐라? 단검을 쓸 때와 느낌 자체가 다르잖아?'

"더 하시겠습니까?"

"헉헉… 관둬라. 상대가 안 되잖아."

던컨은 거친 호흡을 연신 내쉬면서 검을 지팡이 삼아 간신히 서 있었다. 전신이 땀으로 흠뻑 젖은 던컨은 살짝 비틀거리면서 여송연을 꺼냈다.

똑같은 10분 동안, 던컨은 자신의 목을 향해 겨눠진 그레인의 검을 세 번이나 우두커니 쳐다만 봐야 했다.

"정정한다. 난 역시 녹슬었어. 젠장."

그는 여송연을 입에 물고 잘근 씹었다. 첫 번째로 졌을 때 물고 있던 여송연을 떨어뜨려야 했다. 두 번째 졌을 땐 그레인의 오른손에 여송연이 들려 있었고, 마지막에는 그레인의 손이 그의 입에 여송연을 도로 물려주었다.

아무리 오러를 쓰지 않고 순수하게 검술만을 겨뤘다고 해도 검술의 격차 자체가 너무 컸다.

아니, 단순히 검술만의 문제는 아니었다.

그레인은 장검을 쓰는 전투 자체에 매우 능숙했다. 검의 사거리를 감안해 공격과 방어를 능숙하게 구현했고, 보폭을 섬세하게 조절하면서 아슬아슬한 수준에서 공격을 회피했다. 그러면서도 검 자루 끝으로 상대를 무장해제시키는 한편, 주변 지형지물까지 응용할 줄 알았다.

아무리 봐도 그레인의 현재 나이보다 더 오래 검을 써야 나올 수 있는 실력이었다.

"설마 이것도 크루겐에게 배운 건 아니겠지?"

"그건 아닙니다."

"그러면 누구한테 검을 배웠냐?"

"고아가 되기 전에는 나름 있는 집안이어서, 고명한 검사에게 배운 적이 있었습니다. 이름은… 기억나지 않습니다."

실제로 이전 생의 그레인은 집안을 떠나기 전까지 나이 든 검사에게 검술 교습을 틈틈이 받았던 적이 분명히 있었다.

아쉽게도 그의 이름은 기억나지 않았다. 이전 생에서 집을 떠나며 자연스럽게 그와 연락이 끊겼고, 그 후 회귀한 뒤 흘러간 시간까지 포함하면 거의 30년 가까운 시간이 흘러갔다.

가족이나 절친한 사이가 아닌 이상, 기나긴 시간의 흐름 속에서 많은 이의 이름이 그레인의 뇌리에서 잊혀갔고, 그 역시 마찬가지였다.

"그래도 네 나이에 이 정도나 되면……. 너, 천재냐?"

"그냥 장검 쪽이 더 손에 맞을 뿐입니다."

"그냥 장검만 쓰지그래?"

이스트라에게 들었던 질문과 비슷한 물음에 그레인은 시선을 먼 곳으로 돌렸다.

"제가 구하지 못했던 영혼을… 잊지 않기 위해서입니다."

등에 메고 있는 트윈 엣지를 매만지는 그의 말끝이 미세하게 떨렸다.

던컨의 말은 분명히 옳지만, 이 부분에 있어서만큼은 이성이 아닌 감정에 맡기기로 결심한 터였다.

그레인은 입을 다물고 아딜나를 떠올렸고, 던컨 역시 누군가를 회상하며 둘은 각자 다른 방향을 바라봤다.

"영혼이라."

벤트 섬을 떠나기 전, 이스트라가 말했던 친구라는 단어.

그것과 비슷하게 던컨의 입에서 흘러나온 영혼이라는 말에서 무게감이 느껴졌다.

"나 역시 구하지 못했던, 소중한 영혼이 있었지."

던컨은 물고 있던 여송연에 불을 붙였다.

"너희들은 이거 피우지 마라. 몸이 썩어 들어간다."

"이걸 태울 때마다 그 녀석 생각이 나."

오랫동안 함께 어울렸던 네 명의 남자.

여송연을 피우던 두 명 중 한 명은 먼저 세상을 떴다.

살아남은 한 명은 더 이상 그를 떠올리기 싫다며 이후 단 한 번도 여송연을 입에 물지 않았다.

그리고 원래 피우지 않던 두 명은 여송연을 항상 입에 달고 살게 되었다.

"이스트라가 왜 너에게 트윈 엣지를 줬는지 대충 알 것 같다."

던컨은 그레인의 등을 툭툭 치면서 살짝 미소를 지었다.

"그런데 너 몇 살이지?"

"17살입니다."

"겨우 그 나이 먹고 무슨 산전수전 다 겪은 인간처럼 말하냐?"

"나름 거칠게 살았다고 말하지 않았습니까?"

"그런 너보다 내가 2배는 더 살았다. 그리고 거칠게 살았다고 말하려면 얼굴에 큼지막한 흉터 한두 개쯤은 만들고 나서 해라. 생긴 거는 무슨 고생 하나 안 한 귀족 출신 같으면서……."

"하하하……."

그레인이 웃자 던컨은 연기를 길게 내뿜으며 입술을 삐죽 내밀었다.

"쯧, 역시 넌 성지로 갔어야 했는데. 나에게 너무 과분한 인재를 쥐버렸어. 스승과 제자가 똑같이 역량과 안 어울리게 한 직에 처박힌 꼴이잖아."

"네?"

"아, 넌 모르겠군. 5년 전이었던가, 6년 전이었던가……."

던컨은 말끝을 흐리며 옛 기억을 천천히 떠올렸다.

있어서는 안 되었고, 잊고 싶은 일이었다. 머릿속의 기억이 과거로 돌아갈수록 여송연을 더욱 길게 빨아들였다.

"너, 벤트 섬에서 교육받고 나왔다고 했지? 그 벤트 섬에서 탈주 사건이 일어났었어."

탈주 사건이 있었다는 자체는 이미 알고 있지만, 그레인은 잠자코 던컨의 이야기를 경청했다.

"그때 이스트라가 책임을 지고, 성지로 가는 대신 그곳에 머무르게 되었지. 원래대로라면 그깟 교관에 머무르지 않고 동기들 중에서 가장 먼저 추기경이 되었을 거다. 나야 뭐, 새로운 것을 발견하는 쪽이 취향이라 여기에 머무르고 있지만."

"그랬군요."

"덕분에 하이브리드를 대하는 방식도 많이 바뀌었다. 너, 코어를 이식받을 때 선택 같은 거 못 했지?"

"선택이 가능했습니까?"

"그때는 그랬다. 어차피 누가 이식에 성공할지도 모르니, 선택지만이라도 주자는 애매한 동정이었지만. 그런데 하필이면 코어 중에서도 최상급인 화룡의 어금니를 이식받은 녀석이 탈주해 버렸으니 말이 많았지."

'화룡의 어금니? 그걸?'

전생에 그레인이 이식받았던 코어.

정체불명의 탈주자가 바로 화룡의 어금니를 이식받았다는 이야기에 표정이 심각하게 변했다.

"그래서 그 이후로… 그레인?"

"……."

"그레인, 내 말 듣고 있냐?"

"아… 네. 잠시 다른 생각 중이어서……. 죄송합니다."

"피곤했나 보군. 뭐, 솔직히 재미난 이야기는 아니니까 이해한다. 이식이 끝난 너에겐 아무런 의미도 없을 테고."

던컨은 피우던 여송연을 발로 비벼 껐다.

그레인은 다시 원래의 무뚝뚝한 표정으로 돌아갔지만 속마음은 여전히 혼란스러웠다.

"아무튼 수련은 이 정도로 해두고 잠이나 푹 자둬라. 너라면 수면 시간도 알아서 잘 조절하겠지만… 내가 너무 오지랖을 떨었나?"

"아닙니다."

"원한다면 여유 될 때 종종 대련 정도는 해주도록 하지."

던컨이 그레인의 어깨를 툭 건드리고는 막사 쪽을 향해 걸어갔다. 그가 막사 사이로 모습을 감추자 그레인은 고개를 살짝 옆으로 돌렸다.

"크루겐."

"나 불렀어?"

달빛 아래 드리운 그레인의 그림자가 꿈틀거리더니, 크루겐이 어둠 속에서 모습을 드러냈다.

"이야기 다 들었지?"

"응, 화룡의 어금니가 그 정체불명의 탈주자에게 이식되었을 줄이야……. 정말 예상 밖인데?"

"그거야 어쩔 수 없는 일이고, 그것보다 물어보고 싶은 게 있어. 예전의 나야 코어를 선택할 수 없었어. 정확히는 내가 화룡의 어금니의 이식 대상으로 선택받은 거였지만, 너는 어땠지? 코어를 선택했었나?"

"어? 아… 잠깐."

크루겐은 갑자기 당황하더니 두 손으로 머리를 붙잡았다. 뭔가 중얼거리면서 옛 기억을 몇 번이나 반복해서 떠올렸다.

"선택… 했던 것 같은데?"

"그러면 이식받았을 때 왜 아무 말도 안 했어? 이전 생과 명백히 다른 부분은 항상 잘 잡아냈으면서……."

"그러게, 내가 왜 몰랐지? 이식받을 때 하도 고생해서 까먹었었나?"

"네가 그런 부분을 놓쳤다니, 의외인데?"

"나라고 모든 걸 정확하게 기억할 수야 없잖아, 쳇."

기억이란 때로는 그 어느 것보다 부정확하며, 원하는 때에 떠오르지 않기도 하다.

계속 크루겐의 기억력에 의존했던 그레인으로선 놓치고 있던 부분이었다.

"너도 실수라는 걸 하는 인간이었군."

"에휴, 그래, 나 실수했다. 어쩔래?"

유일하게 그레인보다 앞선다고 생각한 부분에서 실수했다는 생각에 크루겐은 어깨를 축 늘어뜨렸다.

"아니, 그걸 트집 잡을 생각은 아니야. 오히려 안심이다."

"안심이라니?"

"이런 작은 변수조차 무시할 뻔했잖아? 이제부터 더 조심하면 되는 거다. 나도 모르는 사이 너에게 많은 걸 떠맡겼다는 기분도 들었고. 그러니 부담 가지지 마."

그레인은 땅바닥에 앉더니 다리를 앞으로 쭉 뻗었다. 자연스럽게 크루겐이 그의 왼쪽에 앉았다. 한숨을 길게 내쉬면서.

"하아……."

"크루겐, 너무 심각하게 생각하지 마. 그러고 보니 우리들하고 같이 파견된 그 세 명은 어땠지? 결사대원 중 한 명이라도 있다던가?"

"이름도 다르고, 내가 기억한 특징과도 부합되지 않아. 계속 이야기를 나누면서 은근슬쩍 운을 띄워 봐도 모르는 눈치더라. 아무래도 결사대원은 아닌 것 같아."

"아쉽군."

혹시라도 걸었던 기대가 사라졌지만, 말과 달리 표정은 그리 아쉬워하는 것 같지 않았다. 그토록 찾고 싶은 아딜나의 행방조차 짐작 가지 않는 지금, 너무 많은 걸 한꺼번에 바랄 수 없었다.

"휴우, 기분 좀 풀려고 달을 보니 이번에는 감상적이 되네. 다른 곳으로 떠난 아이들은 잘 있을까?"

"잘 지내고 있겠지. 아니, 그럴 거라고 생각하고 있어."

이전 생과 달리 2년간 한곳에서 많은 이와 시간을 보내서였을까.

그레인의 머릿속에서 벤트 섬을 수료한 소년 소녀들과 보낸 시간들이 순서대로 흘러갔다. 비록 떠날 때까지 크루겐만큼 친한 애들은 없었지만, 고아원 때와 달리 조금 그리운 기분이 들긴 했다.

＊　　　　＊　　　　＊

카르디어스 신성력 1397년 4월 5일.

"네? 다른 곳으로 배속이라고요?"

크루겐은 들고 온 배낭을 땅바닥에 툭 떨어뜨렸다.

"그렇다. 그레인과 크루겐, 너희 둘은 오늘 자로 칼테스 왕국의 프란디스 교구(教區)로 배속된다."

이른 아침부터 자신들을 깨우더니 돌연 짐을 싸라는 지시에 어느 정도 짐작했지만, 진짜 그런 명령이 내려오자 그레인과 크루겐은 영문을 알 수 없다는 표정을 지었다.

"미리 말해두겠지만, 너희들의 실력이 모자란다든가 그런 이유는 절대 아니다. 오히려 넘쳤지."

던컨은 아쉬워하는 얼굴로 두 소년을 바라봤다.

"반대로 넘쳐서 다른 곳으로 배속되는 거다. 개인적으로 맘에 안 드는 부서 배치지만, 내 권한 밖이니 어쩔 수 없었다. 이해해 줘라."

"아쉽군요."

비록 시설은 낙후되었고, 이곳에서 보낸 시간의 반을 어두컴컴한 유적 안에서 보내야 했지만, 그레인으로선 크게 불만이 없었다. 탐사만 마치면 남은 시간을 자유롭게 혼자만의 수련에 투자할 수 있는 지금의 생활에 나름 만족하고 있던 터였다.

"원래대로라면 여기서 최소 일 년 정도는 푹 썩어야겠지만, 너희 둘의 실력을 탐내는 곳이 한두 군데가 아니라서 말이지……."

던컨은 교단에 보낸 두 소년의 보고서를 너무 곧이곧대로 쓰지 말 걸 하는 후회를 했다.

"아무튼 프란디스 교구까지 1개월 이내에 도착하면 된다."

"네? 설마 걸어가라는 이야기는 아니겠죠?"

"이건 안 보이냐?"

던컨은 직접 끌고 온 두 기의 말을 가리켰다.

"둘 다 말은 탈 줄 알지?"

그레인과 크루겐은 고개를 끄덕거렸다.

벤트 섬에서의 수련 과정 중 기마술 과정이 있었고, 이미 둘 다 예전 생에서 말은 질리게 타본 터였다.

"그 기간 내에 도착하기만 한다면 어디를 다녀오든 상관없다. 내가 해줄 수 있는 건 이 정도가 전부다."

"어? 그렇다면……."

"그동안 고생했으니 알아서 푹 쉬어라."

말을 타고 이동하면 길어봤자 일주일.

도착하기 전까지 사실상 휴가를 준 거나 다름없었다.

"그리고 이거 받아라."

던컨이 두 소년에게 건네준 건 보자기로 싸인 꾸러미였다. 보자기를 풀자, 교단의 상징이 수놓인 백색의 법의가 모습을 드러냈다.

"원래는 여기 배속되자마자 줬어야 했는데, 보다시피 여기에서 그 옷을 입고 일할 수나 있겠냐?"

그리고 법의 위에 놓여 있는 또 하나의 물건.

교단의 소속임을 밝히는 은색의 로사리오였다.

"이건 항상 손목에 두르고 다니다가 교단 소속임을 증명해야 할 때 보여줘라. 그러면 웬만한 검문은 다 무사통과될 거다."

그레인은 로사리오를 왼손으로 집어 들고 묶으려는 순간 멈칫했다.

교단의 상징을 몸에 두른다는 느낌 자체가 조금도 달갑지 않았다. 예전 생에서 결사대원에 합류하면서 가장 먼저 했던 일이, 두르고 다니던 로사리오를 불태워 버린 거였다.

하지만 교단에 소속된 주제에 이런 생각을 한다는 것이 의미 없게 느껴졌기에 군말 없이 오른쪽 손목에 둘렀다.

"그러면… 신의 가호가 너희와 함께하길 바란다."

던컨은 두 소년의 양어깨를 한 번씩 붙잡더니 성호를 긋고 뒤돌아섰다.

말에 올라탄 그레인과 크루겐은 아직도 발굴 작업이 한창 진행 중인 막사들을 흘깃 쳐다봤다. 같이 온 세 명의 신입은 현재 지하에서 코어 탐사 중이라 작별 인사를 할 타이밍을 놓쳤다.

고삐를 살짝 내려치자 그레인을 태운 말이 천천히 걸음을 옮겼다. 그의 바로 옆엔 크루겐이 속도를 맞춰 나란히 갔다.

막사가 지평선 근처까지 멀어지자 크루겐은 보자기 안에 든 법의를 집어 들고 표정을 살짝 찡그렸다.

"끄응, 이 순백색 옷은 아무래도 내 머플러와는 안 어울려. 안 입으면 안 되려나?"

"지금 계절에 머플러 자체가 무리 아닌가?"

"어둠의 힘을 사용한 뒤의 내 얼굴은 내가 봐도 놀랄 정도야. 복면으로 바꾸면 좀 덜 덥겠지?"

"그럴 필요는 없어."

그레인은 왼손에 냉기를 모아 주먹만 한 크기의 얼음을 순식간에 만들었다.

"이걸 옷 안쪽에 넣고 다니면 좀 나을 거다."

"오옷! 이렇게 좋은 방법이 있었다니! 너, 냉기의 힘으로 바꾸길 잘했어."

크루겐은 얼음을 넣은 가죽 주머니의 입구를 묶더니 가슴 안쪽에 넣었다.

"정말 시원하다. 앞으로 종종 부탁할게. 그런데… 막상 휴가를 주니 딱히 할 게 없네."

"그렇군."

이번에 배속될 프란디스 교구가 던컨이 있는 곳처럼 자유로운 곳이란 보장은 없다.

어쩌면 이번에야말로 둘이 기다리던… 예전 생에서 봐왔던 전형적인 교단의 인간들과 만날지도 모른다.

"아, 좀 이르긴 한데, 이건 어때?"

"뭐가?"

"남는 시간 동안 옛 동료들을 찾아볼까?"

크루겐이 쥐고 있던 말고삐를 강하게 내려쳤다.

＊　　　＊　　　＊

"저 녀석들이라면 잘해내겠지."

멀어져 가는 그레인과 크루겐의 뒷모습을 응시하던 던컨이 편지 한 장을 펼쳐 들었다.

수료생을 이곳으로 보낼 때마다 이스트라가 부친 편지는 예전처럼 내용 아래의 공백이 자리 잡고 있었다.

…그 둘의 실력은 내가 보장하지. 단, 당연히 실전 경험이 적을 테니까 잘 지도 바란다.

"경험을 쌓아주긴 무슨 빌어먹을……. 내 쪽에서 더 배워야 했다."

던컨은 피우던 여송연을 손가락으로 집어 들더니 편지 아래에 가져갔다. 그러자 열에 반응해 숨겨진 글자들이 공백 위로 서서히 떠올랐다.

그리고 언제나처럼 부탁한다. 그 녀석들이 시련이 통하지 않는 육체라면, 제발 살려서 도망치게 해줘.

"이번에는 그럴 걱정 할 필요는 없었다."

던컨은 저주의 잔이 통하지 않는 수료생들을 교단의 원칙 대로 죽이거나 성지의 '실험소'로 보내지 않았다. 대신 탐사 중 사고 등등으로 위장해 살려서 도망치게 했다.

그렇게 죽을 위기에서 벗어난 수료생들은 그의 아래에서 벌써 네 명째.

"이 녀석, 제발 나도 좀 생각해 줘라. 매 기수마다 탈주자가 나오니까 덕분에 난 매번 한직에 머물러야 하잖아."

던컨의 푸념과 함께 여송연 끝에서 재가 툭 떨어졌다.

*   *   *

카르디어스 신성력 1397년 4월 6일.

카르디어스 교단의 교황령 브렌할트.

주로 이름 대신 '성지(聖地)'로 불리는 교단의 알현실 안에 두 명의 소년 소녀가 나란히 서 있었다. 대기하는 사람을 위한 소파가 있었지만, 앞으로 만날 '존재'를 감안한다면 감히 앉을 생각조차 하지 못했다.

"휴우……."

성지에 도착하기까지 걸린, 두 달을 넘어가는 이동 기간.

그 후 한 달가량의 수습 과정을 마친 베스티나는 이마의 땀을 손등으로 연신 훔쳐내는 중이었다.

벤트 섬에 있을 때의 편한 복장이 아닌, 노출을 최대한 줄이는 흰색 법의는 그녀에게 덥기만 했다. 하지만 건너편 문을 열고 안으로 들어올 인물 때문에 긴장이 겹친 탓도 컸다.

비녀로 틀어 올린 머리가 혹시라도 헝클어졌나 매만지는 그녀의 손길은 매우 조심스러웠다.

"이런, 이런. 어린 양들을 너무 오래 기다리게 했군."

중후한 목소리와 함께 북쪽 문이 열렸다.

카르디어스 교단의 문양이 새겨진 법의를 걸친 중년 남성과 검은색으로 일관된 복장과 복면을 두른 다섯 명이 함께 모습을 드러냈다.

"성지로 온 걸 환영한다네, 어린 양들이여."

카르디어스 교단을 이끄는 자, 교황 아르디언.

그는 스테인드글라스를 통해 들어오는 빛을 눈 한 번 깜박이지 않고 정면으로 받아들였다.

두 소년 소녀는 사제에게 언질받은 대로 양쪽 무릎을 꿇고 고개를 숙이려 했다. 그러나 아르디언은 손짓으로 둘을 일어서게 했다.

"베스티나, 그리고 코르세."

베스티나는 자신의 이름이 불리자 긴장으로 손가락 끝이 부들부들 떨렸다. 코르세 역시 마찬가지였다.

"그대들의 역량은 익히 들어 잘 알고 있네. 벤트 섬과 키오릭 숲에서 수석으로 험난한 수련 과정을 수료했으니 그대들에게 거는 기대가 크네."

순간 수석이 아니라고 대답할 뻔했던 베스티나는 입을 굳게 다물고서 코로만 천천히 숨을 내쉬었다. 교황의 허락 없이는 먼저 말을 거는 것조차 안 된다는 사제의 말이 다시금 떠올랐다.

"하지만 이곳에 머무르기 위해선 또 한 번의 시험을 거쳐야만 하네."

아르디언은 뒷짐을 진 채로 베스티나와 코르세가 서 있는 쪽으로 천천히 걸음을 옮겼다.

그와의 거리가 좁혀질수록 두 소년 소녀의 긴장은 커져만 갔다. 하이브리드가 되기 위한 이식 수술을 마친 이후 교황을 본 적이 있었지만, 당시엔 극심한 고통 때문에 뭐가 뭔지 판단할 수 없었다.

그 후 2년간의 교육 과정 동안 교황이 얼마나 높은 존재인지 머릿속에 주입되었기에 감히 시선을 마주하는 것도 두려울 정도였다.

"아, 흐음……."

아르디언은 잠시 멈춰 서더니 턱을 매만지며 생각에 잠겼다.

"정정하겠네. 시험이라기보다 시련이 옳겠군."

'시련?'

어디선가 들어본… 아니, 읽어본 단어가 언급되자 베스티나는 고개를 살짝 갸웃거렸다.

"이 시련을 통과한 자에겐 원래 예정된 자리보다 더 높은 곳을 약속하겠네."

말을 마친 아르디언은 왼팔을 들어 올렸다. 바로 옆에 있던 검은 복면 중 한 명이 조심스럽게 그의 왼팔 소매를 걷어 올렸다.

"으윽……."

왼팔의 팔찌가 빛을 발하자 그레인과 마지막 대련을 치렀을 때 겪었던 것과 비슷하게 서늘한 기운이 그녀의 전신을 훑고 지나갔다. 그와 동시에 시련이 언급되었던 '쪽지'에 대해서 뒤늦게 떠올랐다.

'설마 그 쪽지의 내용대로라면…….'

베스티나는 쪽지 내용을 믿어야 할지 말아야 할지 갈등하기 시작했다.

오래간만에 느끼는 차가움에 그녀의 몸이 서서히 굳어갔지만, 마음만 먹으면 다소 힘겹더라도 일어설 수 있었다.

하지만 만약에 쪽지에 적힌 내용이 사실이라면?

선택에 따라 극단적으로 갈리는 운명 앞에 그녀는 두 눈을 감더니 '안전' 쪽을 택했다.

틀린다 해도 성지에서 쫓겨나는 일은 없을 것이다. 그리고 지금의 그녀로선 더 높은 곳으로 가는 길은 어울리지 않다고 생각했다.

애당초 그레인에게 양보를 받았기에 갈 수 있었던 성지로의 길.

더 이상의 욕심은 스스로를 자만에 빠뜨린다고 판단했다.

"크흑……."

베스티나는 바닥에 두 무릎을 꿇고 주저앉더니 부들부들 떨기 시작했다.

고통받는 척 연기하는 걸 들키지 않기 위해 고개를 숙였고, 교차시킨 양팔을 몸에 붙이고서 양손으로 팔의 바깥쪽을 움켜쥐었다.

"베스티나, 그대는 이 시련을 이기기 힘든가?"

"괴, 괴롭습니다……."

"일어설 수 있겠나?"

"힘듭니다… 크윽……."

아르디언은 아쉬워하는 표정을 지으며 시선을 코르세를 향해 돌렸다.

아무런 고통 없이 두 발로 당당히 서 있는 코르세는 우월감이 가득한 눈으로 겉으로는 괴로워하는 베스티나를 내려다보았다.

"코르세, 자네는 괴롭지 않은가?"

"아무런 느낌도 들지 않습니다."

"그래? 그렇단 말인가. 자네에게 이식된 코어를 감안한다면… 흐음, 그래야만 하겠군."

아르디언이 미소를 짓자 그를 호위하던 다섯 검은 복면 중 한 명이 코르세 뒤쪽으로 조용히 걸어갔다. 또 다른 한 명은 어느새 알현실 입구로 이동해 문을 닫았다.

"그러면 약속한 대로 더 높은 곳으로 보내주도록 하겠다."

"네? 어……."

코르세는 반짝이는 금속이 자신의 가슴을 뚫고 나온 걸 보며 말끝을 흐렸다.

등 뒤에서 꽂힌 검은 코르세의 심장을 꿰뚫었다.

워낙 순식간에 일어난 일이라 고통을 느낄 겨를조차 없었다. 비명도 지르지 못하고 눈을 뜬 상태에서 코르세의 몸이 앞으로 천천히 쓰러졌다.

"바로 신의 곁으로."

아르디언은 오른쪽 발만 한 걸음 뒤로 물리면서 바닥에 튄 피를 살짝 피했다.

그걸 바로 눈앞에서 목격한 베스티나의 몸이 이전보다 더 심하게 떨고 있었다. 이번에는 추위가 아닌 공포로 인해.

"베스티나."

"네, 예하!"

"그대에겐 어울리는 자리를 안겨주겠다. 그리고 교단에 대한 믿음이 변치 않기를 바란다. 무슨 의미인지 알겠나?"

"네, 예하……."

베스티나는 고개를 숙인 채 부들부들 떨었다. 정체를 알 수 없는 누군가에게 도움을 받았다는 고마움보다, 허무하게 죽을 수 있었다는 공포가 더 컸다.

두 명의 검은 복면인이 코르세의 시체를 양팔로 붙잡고 알현실 북쪽 문으로 끌고 갔다. 시체에서 흘러나온 피가 알현실 바닥에 길게 이어졌다.

제7장
운명이 아닌 우연으로

카르디어스 신성력 1397년 4월 8일.

"와, 정말 물을 마구 들이켜네. 저 녀석들, 진짜 목말랐나
보다."

크루겐은 바위 위에 털썩 주저앉은 채로 빵을 두 조각으로
찢었다.

"슬슬 새 말로 교체해야 할 때가 되지 않았나?"

그레인은 입에 물을 머금더니 크루겐에게 건네받은 육포와
함께 질겅질겅 씹었다.

"도중에 교단 소속 성당에 들러 바꾸면 되겠지. 하는 김에 잠자리도 좀 신세 지고."

"어제 들른 여관은 정말 심하더군. 빈대와 벼룩 때문에 도무지 잠을 잘 수가 없었어."

"나도 마찬가지야. 그러면서 요금은 배로 처받아먹고 있으니……. 확 망해 버려라."

그들은 어제 묵었던 여관에 대해 불평하면서 육포와 마른 빵으로 간단히 끼니를 때우는 중이었다. 엉망진창인 잠자리와 버금갈 정도로 형편없는 여관의 아침 따위, 먹을 생각은 조금도 없었다. 이른 아침부터 계속 달린 말들을 호숫가 근처에 묶어놓고 물을 마시게 했다.

"오늘이 4일째이니… 계속 이 속도로 가면 진짜 일주일 안에 도착하겠네."

"그 전에 그곳에 들러야지?"

"아, 그러고 보니 그곳도 여기서 멀지 않았네?"

새로 배속된 프란디스 교구를 향해 이동 중인 그들은 또 하나의 목적지를 떠올렸다.

"그런데 그 부부가 결사대원이 맞을까?"

"둘 다 고작 20대임에도 신들린 듯이 나중에 값이 오르는 물건만 사들여서 부를 축적했어. 마치 미래를 예언한 듯이 말이야. 이 정도면 냄새가 풀풀 나지 않아?"

자신들 말고 또 다른 결사대원으로 추측되는 이들은 다름 아닌 프란디스 교구 내에 있는 거상 부부였다. 유적지에 머무르던 당시, 종종 물건을 팔기 위해 찾아왔던 장사꾼의 이야기가 바로 그 근거였다.

"애초에 둘 다 장사꾼 집안 출신이기도 했고, 교단을 쓰러뜨리면 나중에 장사나 하겠다고 종종 말했던 게 기억나."

"나도 장사꾼 집안 출신인데?"

"스스로 장사 따위 소질 없다고 말했던 건 기억 안 나?"

"…그랬나?"

그레인은 계면쩍어하며 목 뒤를 어루만졌다. 크루겐과 이야기를 하면 할수록 자신이 모르고 있는 자기 자신에 대해 더 잘 알게 되는 기분이 묘할 따름이었다.

"그 부부 이름이 고르다, 그리고 케리나라고 했지?"

"둘 다 내가 기억하던 이름과 다른 게 좀 걸려. 회귀한 결사대원끼리 알아보려면 이름을 안 바꾸는 편이 쉬울 텐데……. 왜 굳이 이름을 바꾸었을까?"

미래에서 과거로 왔다는 사실을 아는 이들은 30명의 결사대원뿐. 그 사실 자체가 퍼져 나가지 않은 이상, 원래 이름을 고집하는 편이 후에 다시 결사대를 집결시키기에 편하다.

"차라리 그 부부가 결사대원이 아닌 편이 나을지도 모르겠군. 굳이 이름을 바꿨다는 이야기는 회귀 후……."

"오, 저 여자 꽤 내 취향인데?"

크루겐은 숲 사이를 가로지르는 길을 통해 천천히 이동 중인 마차 행렬로 시선을 돌렸다.

"역시 여자는 긴 흑발에 갈색 눈동자여야 해. 몸매는 좀 호리호리해야 하고."

"……."

"보아하니 상단 같은데? 아까 말한 그 부부가 있을지도 모르겠다. 한번 알아볼게."

크루겐은 허리에 찬 단검을 그레인에게 맡기고 바위 위에서 일어섰다.

그레인도 같이 가려고 했지만, 이내 관두고 도로 앉았다.

"좀 피곤하군."

"눈 좀 붙여."

*　　　　*　　　　*

화르륵!

거센 불길이 도로 위를 빠르게 훑고 지나갔다.

소년을 덮치려던 몬스터들이 있던 자리에는 새까만 재만 남아 있었다. 정작 불길의 근원지 한가운데 있던 소년의 머리카락은 조금도 불타지 않은 채였다.

"······"

살점이 타들어 가는 고약한 냄새에도 그레인의 표정에는 아무런 변화가 없었다. 걷어 올린 오른팔 소매로 모습을 드러낸 화룡의 어금니를 그레인은 살짝 쓰다듬었다.

"음?"

일대의 모든 몬스터를 모두 잿더미로 만들었다고 생각했던 그레인의 시야에 두 발로 서 있는 몬스터들이 들어왔다.

특이하게도 마치 돌처럼 굳어 움직이지 않았다.

"돌처럼이 아니라, 정말 돌이 되었잖아?"

선 채로 석화된 몬스터들 사이를 가로지르며 그레인은 성큼성큼 걸어갔다.

"너는?"

18살인 그레인보다 2, 3살 정도 어려 보이는 소녀가 무릎을 모은 채로 바닥에 주저앉아 있었다.

소녀의 두 눈이 그레인의 오른팔을 넌지시 바라봤다.

"하이브리드?"

소녀가 언급한 단어에 그레인의 눈썹 사이가 좁아졌다가 이내 원래대로 돌아갔다.

"너도?"

소녀의 왼쪽 눈을 본 그레인은 자신과 같은 처지임을 직감했다. 그녀의 왼쪽 눈동자는 인간처럼 가로가 아닌 세로 방향으로 이어져 있었다.

그녀의 잠재 기술, 사안(邪眼)이 자신을 둘러싼 모든 몬스터들을 돌로 만들어 버린 것이다.

"웃……."

그레인의 몸에서 풍겨 나오는, 몬스터들의 살점이 타면서 난 냄새에 소녀의 표정이 일그러졌다.

"타는 냄새가 싫어도 지금은 참아. 어쩔 수 없었으니까."

그레인은 소녀 옆에 떨어져 있는, 얼굴 반쪽만을 가리는 가면을 집어 들더니 그녀에게 내밀었다.

"넌 왜 석화가 안 돼?"

"나에게 이식된 코어는 보통 것이 아니니까. 그건 너도 마찬가지 아니야? 그 불길 속에서 멀쩡하게 있었잖아."

"내 사안(邪眼)이 통하지 않는 상대는 처음 봤어. 그렇구나……. 날 보고도 석화되지 않는 인간이 있었어."

소녀는 가면을 다시 얼굴에 썼다.

"날 똑바로 바라볼 수 있는 사람이 있었다니……."

소녀는 가면에 가려지지 않은 오른쪽 눈을 깜박이며 그레인을 응시했다.

"너를 만나게 된 건 운명일지도 모르겠어."

*   *   *

"눈물 닦아."

"아."

눈을 뜬 그레인은 왼쪽 눈 아래로 손을 가져갔다.

축축한 느낌과 함께 아련한 기분이 들면서 이번에는 오른쪽 눈 아래로 눈물이 흘러내렸다.

"꿈을 꿨어."

"예전 생의?"

"그래."

그레인은 손가락 끝으로 눈물을 훔쳐냈고, 크루겐은 더 이상 물어보지 않았다.

"참, 아까 그 상단 행렬은?"

"네가 자고 있는 사이 다 지나갔지. 좀 가까이에서 구경 좀 해보려고 했는데, 경호 병력으로 온 용병들이 눈을 부라리더라. 꽤 예민한 상태던데?"

크루겐은 아랫입술을 툭 내밀더니 아까 있었던 작은 실랑이를 떠올리며 혼자 투덜거렸다.

"아니, 무슨 금덩어리라도 싣고 가나? 그냥 어디로 가는 길인지 물어보려고 운만 띄웠는데도 죽일 듯한 눈초리로 쫓아내다니……."

"로사리오를 보여주지 그랬어?"

"눈앞에 내밀어도 뭔지 모르는 눈치던데?"

쾅!

멀리서 폭발음이 들리자 둘의 대화가 중단되었다.

쾅! 콰앙!

한 번에 멈추지 않고 이번엔 연달아 들리는 폭발음에 둘은 동시에 소리가 들린 방향으로 고개를 돌렸다.

"어… 저쪽은 아까 그 상단이 가던 방향인데, 무슨 일 생긴 거 아냐?"

"우선 가보자!"

*　　　*　　　*

히히힝!

놀란 말들이 고삐에서 벗어나 사방으로 흩어졌다.

"이봐, 그쪽은 어때?"

복면을 뒤집어쓴 남자가 같은 복장의 동료에게 말을 건넸다.

"문제없어."

"그래? 그러면 이놈들만 해치우면 되겠군."

복면 너머 감춰진 얼굴이 씨익 미소를 지었다.

대량의 물건을 싣고 있던 마차들은 모두 멈춰 섰고, 두 명의 용병이 바닥에 쓰러진 채로 신음 중이었다. 마부들은 땅바닥에 엎드린 채로 부들부들 떨고 있었다.

"제, 제발 목숨만은 살려주십시오!"

"그 목숨이라도 부지하고 싶으면 입 닥쳐!"

사내가 손에 들고 있는 검 끝에서 핏방울이 아래로 뚝뚝 떨어졌다.

복면을 뒤집어쓴 열 명의 남자는 마차의 행렬을 경호하기 위해 고용된 용병들을 서서히 포위했다.

'흐음……'

그레인은 수풀 안 나무 뒤에 몸을 숨기고 고개만을 내밀어 상황을 지켜보았다. 무기를 든 여덟 명의 용병은 한 소녀를 둘러싸고 보호하는 중이었다.

'왠지 본 적이 있는 얼굴 같은데……'

그레인은 용병들 사이에서 보였다 말았다 하는 소녀가 왠지 모르게 신경이 쓰였다.

"도망치십시오! 이대로는 위험합니다!"

"아딜나 님! 아딜나 님이라도 무사하셔야 합니다!"

'아딜나?'

순간 그레인의 시선이 소녀에게 고정되었다.

'아딜나라고?'

그레인은 부들부들 떨리는 손으로 나무를 붙잡고 소녀의 얼굴을 찬찬히 뜯어봤다.

'정말로?'

길었던 머리카락은 마치 남자처럼 짧게 잘려 있었다.

하이브리드로서의 능력을 봉인하기 위해 썼던, 왼쪽 얼굴만을 가리던 가면을 쓰지 않았다. 항상 봐왔던 오른쪽 얼굴만이 아닌, 얼굴 전체를 멀리서 보고 있자니 낯선 기분마저 들었다.

'저 소녀가 혹시 아딜나가 맞다면… 아딜나는 아직 하이브리드가 안 된 건가?'

그가 기억하고 있는 과거가 더 이상 현재와 같지 않다는 건 이미 알고 있다. 하지만 그녀를 다시 만나게 되는 운명만은 변하지 않았다는 걸 인지하는 순간, 가슴이 두근거리기 시작했다.

"어……."

그레인 자신도 모르는 사이 두 눈에서 흘러나온 눈물이 볼을 타고 아래로 내려갔다. 혹시 그가 찾던 아딜나일지도 모른다는 생각에 이제까지 억눌러 왔던 감정이 가슴속에서 흘러넘쳤다.

'아냐. 지금 이럴 때가 아니야.'

하지만 감정에 휩싸여 일을 그르쳐서는 안 된다.

진짜 아딜나인지 아닌지 확실히 확인해야 하고, 그러기 위해선 우선 그녀를 구해야 한다.

그녀를 보호하기 위해서인 만큼, 그 어느 때보다 냉철한 판단이 필요했다. 그가 사용하는 냉기의 힘처럼.

그레인은 나무 뒤에 몸을 숨긴 상태에서 오른손에 냉기를 집중시켰다.

'좋았어. 이대로 침착하게……'

공중에 뜬 길고 날카로운 얼음 창이 형성되었다. 손의 떨림은 어느새 사라져 있었다.

전신에서 흘러나오는 차가운 기운에 흘러내렸던 눈물이 순식간에 얼어붙더니, 발 위로 툭 떨어졌다.

"크어억!"

검은 복면 중 한 명이 얼음 창에 꽂힌 채로 멀리 날아갔다.

팍! 팍!

그의 손을 떠난 두 개의 단검이 용병들을 피해 아딜나의 양옆 지면에 하나씩 박혔다.

'실패하면 안 돼.'

지금은 섬세한 마나의 컨트롤을 요구하는 상황. 그렇기에 원거리에서 냉기를 멀리 쏘아내는 방식보다, 단검과 자신을 연결한 와이어를 통해 냉기를 직접 전달하는 방법을 택했다.

"모두 제자리를 지키십시오!"

그레인의 외침과 동시에, 지면을 뚫고 올라온 얼음의 벽이 아딜나와 그녀를 보호하던 용병들까지 둘러쌌다.

크기와 두께가 모두 같은 6개의 얼음벽이 서로 붙어서 완전한 육각형을 이뤘다. 검은 복면의 습격자들은 얼음벽을 검으로 마구 내려쳤지만, 금 하나 가지 않고 멀쩡했다.

"누, 누구지?"

"저쪽이야!"

뒤늦게 그레인을 발견한 검은 복면들은 그에게 달려가려 했지만 움직일 수 없었다. 그레인이 땅바닥에 갖다 댄 양손을 통해 퍼져 나간 냉기가 그들의 발을 모두 얼렸다.

*   *   *

정체불명의 습격자들을 모두 쓰러뜨린 그레인은 숲 안쪽으로 뛰고 있었다. 막상 그녀를 구해놓고선, 지금은 그녀로부터 멀어지는 중이었다.

왜일까.

그레인 스스로도 이해할 수 없는 행동이었다.

혹시라도 그녀가 진짜 아딜나가 아닌 동명이인임을 알면 실망할까 두려워서였을까.

사실 어떻게 그녀를 구했는지 제대로 기억나지 않았다.

단지 그녀를 구해야 한다는 일념으로 냉기를 구현했다. 냉정해져야 한다고 스스로를 몇 번이나 설득했지만 실제 그의 마음속은 여러 가지 상념이 겹쳐 혼란스러웠던 게 사실이다.

그럼에도 냉기의 구현은 그 어느 때보다 빠르고 완벽하게 이뤄졌다.

'확실한 목적이 정해진 상태 자체가 가장 냉정하다는 것인가……'

여러 생각이 머릿속에 교차하는 가운데, 그레인은 천천히 걷기 시작했다.

'괜히 서둘러 도망쳤다간 오해받기 딱 좋아.'

게다가 이미 충분히 거리를 벌린 터라 그녀가 따라올 수 없다고 생각했다. 하지만 그의 예상과 다르게 아딜나라 불린 그녀는 단거리 도약 능력을 연이어 사용하면서 그레인의 뒤를 쫓았다.

"멈추세요!"

그녀의 목소리에 그레인은 걸음을 멈췄다.

심장박동이 급격하게 빨라지면서 안 좋은 예상이 뇌리를 스치고 지나갔다.

'설마 하이브리드가 된 건 아니겠지?'

단거리 도약은 마법사도 쓸 수 있는 능력이지만, 자신처럼 또다시 하이브리드가 되지 않았나 싶은 불안을 떨쳐낼 수 없었다.

그레인은 아주 천천히, 몸을 옆으로 돌리면서 그녀의 얼굴을 쳐다봤다.

"아……"

예전에 처음 만났을 때와는 다른 분위기였지만, 그가 알던 아딜나가 분명했다.

검은색을 띤 머리카락. 그리고 갈색 눈동자.

그리고 갸름한 턱과 인상.

허무해 보였던 눈동자는 이전과 달리 총기를 띠고 있었다.

"무슨 일입니까?"

"절 구해주셨죠?"

"……."

그레인은 다시 등을 보인 채 침묵으로 대응했다.

"누구신지 모르겠지만 감사하다는 말을 전하려고 왔답니다."

반말이 아닌 존댓말을 쓰는 아딜나는 그의 기억 속의 '아딜
나'가 아니었다. 슬픔이 묻어나오던 말투와 거리가 먼, 어른스
러운 화법은 낯설면서도 그를 서글프게 만들었다.

'아니야. 나는 너에게 그런 말을 들을 자격이… 없어.'

아딜나가 확실하다는 생각에 참았던 눈물이 당장에라도 터
져 나올 것만 같았다.

하지만 감정을 억누르면서 두 눈을 질끈 감았다.

"그리 대단한 일은 아닙니다. 그저 지나가던 길이었을 뿐입
니다."

"지나가다라… 마치 운명과 같군요."

'운명'이라는 단어를 듣자마자 그레인은 눈썹 사이를 찡그
렸다.

"아닙니다! 단지 우연일 뿐입니다!"

깜짝 놀란 아딜나는 눈을 크게 뜨며 한 걸음 뒤로 물러섰다.

그레인은 그녀를 똑바로 바라보지 못하고 고개를 오른쪽으로 돌렸다.

"그저… 우연에 불과합니다."

아딜나의 시야가 닿지 않는 그의 오른쪽 눈에서 눈물이 천천히 흘러내렸다. 힘겹게 대답하는 그의 목소리가 떨리고 있었다.

자신과의 만남으로 인해, 혹시라도 그녀가 예전과 똑같은 운명을 맞이할까 봐 두려워하듯이.

*　　　　　*　　　　　*

인적이 드문 숲속 도로 위로 모래바람이 휭 지나갔다.

하이브리드의 실험체가 되기 위한 아이들을 태운 마차가 연달아 지나갔다.

계속 이어지는 마차의 행렬을 회색 머리칼의 남자가 조용히 쳐다보고 있었다. 10살로 회귀한 이후, 현재 20대의 청년이 된 결사대의 대장 맥스였다.

폭이 넓은 로브와 후드로 몸을 감춘 맥스는 멀어져 가는 마차 행렬의 끝을 계속 응시했다.

마차 안에 탄 아이들 중 이전 생에 만났던 결사대원이 있을지 모른다는 생각에 잠긴 맥스는 돌연 고개를 들어 올렸다.

100명의 결사대원 중 마지막까지 살아남았으면서 가장 믿음직했던 옛 동료 중 한 명이 떠올랐다.

"99호, 미안해."

그는 어디선가 살아 있을, 혹은 이전의 생과 달리 벌써 죽었을지도 모르는 그레인에게 용서를 구했다.

걸치고 있는 로브의 오른팔 소매를 걷어 올리자, 인간이 아닌 거대한 생명체의 어금니로 보이는 부분이 모습을 드러냈다.

맥스는 팔꿈치 위로 돌출된 화룡의 어금니 끝부분을 어루만졌다.

회귀 전의 그레인이 썼던 화룡의 힘을 대신 차지했다는 미안함을 그는 아직까지도 떨쳐낼 수 없었다.

"하지만 난 이 힘을 필요로 했어. 다시는 그때와 똑같은 결말을 맞이하고 싶지 않았기에… 그 누구에게도 뒤지지 않을 강력한 힘이……."

맥스는 쓰고 있던 후드를 아래로 살짝 잡아당겼다.

『30인의 회귀자』 2권에 계속…

초대형 24시 만화방

신간 100%, 샤워실, 흡연실, 수면실(침대석), 커플석, 세탁기 완비

■ 광명 광명사거리역점 ■

경기도 광명시 오리로 986 광명사거리역 6번 출구 앞 5층
02) 2625-9940 (솔목타워 5층)

■ 강북 노원역점 ■

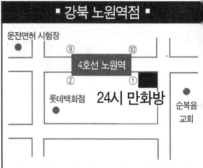

서울 노원구 상계동 340-6 노원역 1번 출구 앞 3층
02) 951-8324 (화용빌딩 3층)

■ 일산 정발산역점 ■

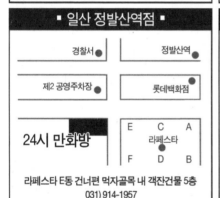

라페스타 E동 건너편 먹자골목 내 객잔건물 5층
031) 914-1957

■ 일산 화정역점 ■

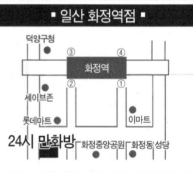

경기도 고양시 덕양구 화정동 984번지 서일빌딩 7층
031) 979-4874 (서일사우나 건물 7층)

■ 부천 역곡역점 ■

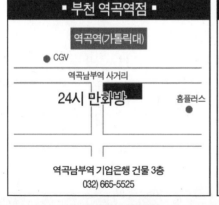

역곡남부역 기업은행 건물 3층
032) 665-5525

■ 부평역점 ■

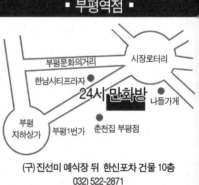

(구)진선미 예식장 뒤 한신포차 건물 10층
032) 522-2871